禍姫《まがつひめ》の初恋

唐陀国後宮異聞

宮野美嘉

目次

禍《まがつ》姫《ひめ》の初恋

唐陀国後宮異聞

登場人物紹介

春燐【しゅんりん】
隣国に嫁ぐことになった
栄国《えいこく》第八王女。
人間に一切興味を持たず、
部屋で絵を描いてばかりいた。
記憶力が良い。

陵鬼嶽【りょうきがく】
唐陀国《とうだこく》の現国王。
獰猛な顔立ちで左頬に傷痕がある。
人間離れした剛力を持ち周囲から
恐れられている。

紗祥【さしょう】
王太后。
後宮の主《あるじ》。
春燐と鬼嶽の
婚姻に
反対している。

恩角炎【おんかくえん】
鬼嶽の
第一補佐官
であり
乳兄弟の青年。
極度の愛妻家。

イラスト／夜咲こん

序章

栄国《えいこく》の第八王女春燐《しゅんりん》の結婚が決まったのは、十八歳の春のことである。

「お前は唐陀国《とうだこく》の王に嫁ぐことに決まった」

春燐の部屋に入ってくるなり、父である栄国王が言ったのだ。

忍び込んできた薫風に髪を揺らされ、春燐はゆっくり顔を上げると精巧な人形めいた無感情さで首を傾げた。

「こんな醜い女を妻にしようなどという殿方が、この世に存在するのですか？」

眉《まゆ》をひそめる父を見上げ、春燐は更に言う。

「この私を妻にするだなんて……相手があまりにも気の毒だと思うのですが」

椅子に座ったまま自分の鼻先を指す。その手には使い込まれて色を吸い込んだ絵筆が握られている。父王は娘に向けるには厳しすぎる目で春燐を見据え、再び口を開いた。

「同盟のために必要な婚姻なのだ」

「私にそんな大役が務まるはずありません。何故私なのですか？」

「お前が私の娘たちの中で最も美しい姫だからだ！」

とうとう父王は怒鳴った。げんなりしたように頭を押さえている。それを受け止め、春燐は数回目をしばたたいた。

「父上様の目に、私はどう映っているのですか？」

「そういうお前の目に、自分はどう映っておるのだ！」

父王はかんしゃくを起こしたように声を荒らげて春燐を睨《にら》んだ。

「分からぬなら教えてやろう。黒曜石に似た大きな瞳《ひとみ》に、輝く長い黒髪。透き通る白い肌。流れるように通った鼻梁《びりょう》。艶《つや》やかな紅梅色の唇……それらが絶妙に配置された容貌《ようぼう》。それがお前だ！」

断言された春燐は一考し、深く首肯した。

「同感です。父上様のおっしゃる通り、どこからどう見ても私はこの世で最も醜悪な人間と存じます」

当たり前のように言い切る。彼女の発する言葉の内容と熱量はまるで釣り合っておらず、その不均衡を投げつけられた父王は振り払うように叫ぶ。

「お前の目はどうなっておるのだ！」

「そういう父上様の目こそ、どうなっているのです？」

不可解そうに問いを返しながら、春燐は絵筆を揺らした。ぽたりと紙の上に赤い絵具が落ちる。それを指先でこすっていると、父王が眉をひそめた。

「……嫁ぎたくない言い訳をしておるのか？」

「え？　いえ、そういうわけではありません。ただ、相手が気の毒だと……」

「相手は気の毒ではない」

「気の毒ではないのですか？」

「気の毒ではない！」

　言葉の通じぬ獣を怒鳴りつけるような激しさで父王は断じた。春燐は感情の色を宿さない瞳でそんな父王をしばし見上げ、一つ頷《うなず》いた。

「分かりました、でしたら父上様のおっしゃる通り嫁ぎます」

　自分の婚姻を語っているとは思えない淡白さで、しかし確かに受け入れた。父王は少しだけほっとしたように体の力を緩めた。額から汗が流れているのは陽気のせいだけではなかろう。

「これは国のためである。そして、お前のためでもあるのだ」

　彼は真摯《しんし》な顔でなおも言うが、それはまるで言い訳のようで……そして娘に向けるにはやはり声音が硬質すぎた。彼がこの娘をいかに持て余していたか……その一言で分かるほどだ。

　いや——そうではない、彼だけではない。この王宮の誰もがこの姫君をどのように扱えばいいのか分からず困り果てていたのは、皆が公然と——そして密《ひそ》やかに抱えていた紛れもない事実なのだった。

　年頃の娘らしいところが何もない。

流行《はや》りのものに飛びつくことも、色恋に夢を見ることもない。

一人で部屋にこもり黙々と絵を描き続けること以外何もしない。

誰に対しても何の感情も見せることなく、ただ人形のようにそこにある。

まともな人間の心がないのではないか——皆がそう思い、腫《は》れ物に触るように接する。

そういう娘が素直に縁談を受け入れたのだから、父王がほっとするのは当然だ。

「相手は必ずお前を気に入ることだろう。お前も両国の友好のため、夫となる者を愛し、支え、よい関係を築くのだぞ。私とて、娘のそなたが幸せになることを望んでいる」

父王は居心地悪そうに言い添える。春燐は一度ゆっくり瞬《まばた》きして、訝《いぶか》るように首を傾げた。

「意味が分からないのですが」

「何が分からないというのだ。夫となる相手と仲睦《なかむつ》まじければ……」

「どれほど愛したところで、意味などないでしょう？　だって、人は死ぬものですよ」

突拍子もない言葉に、父王は絶句した。

「どうせ死ぬのに……何故愛するのですか？」

春燐はもう一度聞いた。絵具で血のように赤く染まった指先が手元の絵を無造作になぞる。父王は何も答えられない。その瞳だけが、春燐の描く絵に向けられた。

そこには……無残に切り刻まれた女の死体が描かれていた。

第一章 ❖ 深紅の婚礼

春燐《しゅんりん》が唐陀国《とうだこく》に嫁ぐため出立したのは、季節をまたいだ秋の終わりのことだった。

「私なんかを妻にするなんて、なんて不運で可哀想でお気の毒なお方。前世で国でも滅ぼしたのでしょうか？」

嫁ぎ先へ向かう馬車に揺られながら春燐はひとりごちた。慣れぬ振動は案外快く、考え事に没頭するよい手助けになってくれる。

考え事の相手はまさに今嫁ごうとしている男――唐陀国の王、陵鬼嶽《りょうきがく》だ。

唐陀国は栄国《えいこく》の西に位置する国で、国境が長く接しているせいか昔から頻繁に争いが起きている。そのたびに戦ったり同盟を結んだりまた戦ったり……そんな腐れ縁を切れない男女みたいなことを繰り返している、仲がいいのか悪いのかよく分からない国だが、今回は王女を嫁がせることで友好を深めたいらしかった。

その道具として選ばれたのが春燐なのだが……春燐自身はいったいどうして自分がと、不思議に思えてならなかった。自分は絵を描くことくらいしか趣味がない退屈な女だし、学があるわけでも教養があるわけでもないつまらない人間だ。とても唐陀国の王の気に入るとは思えない。その日のうちに離縁されてもおかしくないと春燐は思う。

何よりこの醜悪な姿……こんな醜い人間が、いったいどうやったら気に入られるというのだろう？

とはいえ、春燐は夫に愛されたいと思っているわけではないのだ。

だって、自分はきっと夫を愛することはない。

愛してもいない夫に愛されたいとは思えない。

昔から、人に心が動かない。

人を愛したことがない。

大事な人なんて一人もいない。

大切なものなんて一つもない。

自分の心は空っぽなんじゃないかとよく思う。

けれどそれが悲しいとか寂しいとか思うわけでもない。

自分は薄情なのだとよく思う。

心はいつも酷《ひど》く鈍くて、目の前で何が起きても何も感じはしないのだ。

自分はきっと、この世で一番空虚で薄情で醜悪な人間に違いない。

だから……こんな人間を妻にする相手が気の毒だなと思うのだ。

王宮を出立した馬車を、栄国王は楼閣の最も高い場所から眺めていた。

「春燐姫は無事に旅立ったのですね」

背後から言われて目をやると、左右でくっきり白と黒に分かれた不思議な衣装の若い男が立っていた。頭には珍しい形の冠を被っていて、それも王宮に勤める普通の官吏とは違っている。

「ああ、娘が無事幸せになってくれることを願うとしよう」

肩の荷を下ろして王は言った。すると男は真剣な顔で言った。

「本当は違うのでしょう？」

「……何がだ？」

怪訝《けげん》そうに聞き返すと、男は小さく消えてゆく馬車の影を眺めて目を細めた。

「陛下が春燐姫を他国へ嫁がせた本当の理由は違うのでしょう？」

「……何のことだ」

王は渋面で否定を示したが、男は緩く首を振った。

「この王宮にその事実を知らぬものはおりません。みなが心の中で密かに同じことを思っているはずなのです。あの姫を……他国へ追いやれてよかった……と」

「そのようなことは考えておらぬ！」

思わず怒声が出た。荒い息をする王に、男は深々と礼をする。

「無礼を申しました。陛下の御心《みこころ》が平安であることを、私はいつでも願っております」

王は苦々しい思いで俯《うつむ》いた。きつく握った拳《こぶし》に爪が刺さる。

「春燐に栄国の王宮は合わなかっただけだ。異国であれば……」

「ご安心ください。春燐姫のことは、この私が陰ながら見守ることといたします。唐陀国の王宮とも、すでに通じておりますので」

「……お前のことは信用している。春燐の行く末を頼んだぞ」

「お任せください」

男は再び礼をした。王は馬車の見えなくなった通りを眺めた。晩秋の雲の下、自分の選択が誤りではないことを祈る他なかった。


車窓を流れゆく物悲しい秋の終わりを眺めてひと月――春燐は冬の訪れとともに唐陀国へ足を踏み入れた。

王宮からほとんど出たことがなかった春燐にとって、野山も里も建物の立ち並ぶ街の中ですら全ては初めて見る光景だったが、目まぐるしく変わるその景色にも何ら心を動かされることはなく、唐陀国の王都隗京《かいきょう》へとたどり着く。

騒がしい大通りを抜けて、王都の中心に造られた堅固な城壁の門を潜《くぐ》り抜ける。馬車が止まると春燐は外へ出た。目の前には赤く塗られた荘厳な宮城が建っている。頬を撫《な》でる風は不思議に祖国と違っていて、自分が異国に立っていることを感じる。王宮の持つ雰囲気も栄国と違うなと思った。色々なものの色彩が鮮やかでくっきりしているし、装飾が多い。栄国はそれに比べると少々地味かもしれない。

何気なく辺りを見回し、導かれるまま建物に足を踏み入れる。ここまで付き従ってきた栄国の供の者はここで国へ帰ってゆく。体一つで嫁ぐのが栄国の習わしで、嫁ぐ姫はこれまでの全てを捨て去る覚悟が必要なのだ。とはいえ、春燐には元々捨てるべき愛着を持つ相手は一人もおらず、特に涙の別れを演じるということはなかった。しばらく辺りを眺めていると――

「遠路遥々《はるばる》よくいらっしゃいましたわね」

艶《つや》と張りのある声が、労《ねぎら》う言葉に反し居丈高に飛んできた。

目を向けると、通路の向こうから大勢の女官を引きつれた派手な女が歩いてくる。歳は二十代後半。鮮やかな牡丹《ぼたん》色と真朱を重ねた衣を纏《まと》い、豪奢《ごうしゃ》な装飾品をこれでもかと髪に飾り付け、歩くたびに金粉を振りまくかのような派手さだ。煌《きら》びやかな扇で口元を隠し、くっきりとこれまた派手な化粧を施した目で、女はじろりと春燐をねめつける。

「わたくしは王太后紗祥《さしょう》、この後宮の主《あるじ》です。あなたが春燐姫ですね？」

「はい」

返事をしながら、春燐は紗祥と名乗る女をまじまじと見つめた。

紗祥の瞳《ひとみ》にはありありと敵意が宿っていて、歓迎の気持ちは一片もないのだと一目で分かる。分かりはするのだが……それもまた春燐にとっては関心のないことだ。

無色透明な表情で佇《たたず》む春燐を無遠慮に観察し、紗祥は派手な扇をぱちんと閉じた。

「はっきり言っておきます。わたくしはこの婚姻、認めたわけではありませんわ。敵国から嫁いできた姫の居場所などわたくしの後宮にはありません！」

紗祥は声を怒らせて扇を手に打ち付けた。辺りに冷たい緊張感が走る。紗祥に付き従っている女官たちも、主に従い冷ややかな敵意をもって春燐を見ていた。

明確なその拒絶に、春燐は一考してこくりと頷《うなず》く。

「そうですね。私のように醜悪な女、あなた方が嫌うのは当然のことと思います」

彼女の拒絶は極めて正当だと率直に認めると、紗祥は一瞬ぽかんとし——次の瞬間何故か憤怒《ふんぬ》の形相で真っ赤になった。

「なんて馬鹿にした物言いでしょう！　血筋と見てくれだけで甘やかされると、こういう礼儀も弁《わきま》えない姫君が出来上がるというわけですね」

「まさか、馬鹿にしてなんかいません。私はあなたにそんな興味はありません」

春燐は丁寧に説明した。しかし紗祥は何故だか更に腹を立てた。ぶるぶると拳《こぶし》を震わせて、握られた扇が今にもへし折れそうだ。

「あなた……わたくしが誰だかよく分かっていないようですね。この後宮でわたくしを敵に回すことがどういうことだか、躾《しつ》ける必要があるようですわ」

「あなたが誰だかは聞きました。それでも興味がないと申し上げているのです。だって、あなたはいつか死ぬでしょう？　あなたに興味を持って、何の意味が？」

その問いかけに紗祥は絶句した。春燐と真正面から目を合わせ、怒りを忘れた真顔になる。辺りは嫌な静けさに満たされて、誰一人言葉を発することができなくなった。

しばしその静けさに閉じ込められていると——息の詰まるような空気を破って、通路の向こうから勢いよく走ってくる者がいた。

「お待たせいたしましたあああああ!!」

滑り込むような勢いで春燐と紗祥の間に割って入ったのは、二十代中頃と思《おぼ》しき一人の男だった。上質な官吏の衣を身に纏っていて、王宮に仕える者だと分かる。冠の端からほつれた髪がぴょんぴょん飛び出しているのが、彼の激走を表していた。

「急に無礼な。お下がりなさ……」

「紗祥様におかれましては、本日も大変お元気そうで喜ばしいことです。わざわざこんなところまでお出ましにならなくとも——」

「この方は私を歓迎してくれただけですよ」

と、春燐は思わず口をはさんだ。紗祥と男は同時に、ん？　という顔をした。

「わざわざ私が到着する時間を見計らって出迎えてくださったのですから、きっと周到に準備なさって待ち構えていらしたのでしょう。心のこもった歓迎に感謝します」

しかも敵国の姫と忌み嫌う相手をわざわざ歓迎してくれたのだ。驚くほど責任感が強く心優しい女人であると、春燐は紗祥を判じた。

春燐が淡々と説明すると、紗祥は顔を真っ赤にして激昂《げきこう》し、男はぽかんと口を開いて驚きを示した。

「なんて無礼な姫でしょう……栄国の意向はよく分かりましたわ！　あなたがそういう態度なら、わたくしにも考えがあります。覚えておいでなさい！」

紗祥は扇を廊下に叩《たた》きつけ、踵《きびす》を返して足音荒く去ってゆく。女官たちも非難めいた目で春燐を見やり、紗祥の後を追っていった。

去り行く嵐のようなその後ろ姿を見送り、春燐は傍らの男を見上げた。

「ところであなたは？」

男は唖然《あぜん》としていたが、問われてはっと正気を取り戻す。

「は、挨拶《あいさつ》が遅れました。私は唐陀国王陵鬼嶽陛下の第一補佐官、恩角炎《おんかくえん》と申します」

男――角炎は慇懃《いんぎん》に礼をして、にこっと笑った。

清潔そうな紺藍《こんあい》の官服をきっちりと着こなし、整った涼やかな顔立ちをしている。しかしそれより、明るそうとか人懐っこそうという表現がよく似合った。

「遠路はるばるよくお越しくださいました、春燐姫。後宮へご案内致します」

彼はそう言うと、春燐を先導して歩き出した。

角炎はおしゃべりな男だった。春燐を案内する間中、ずっとしゃべっているのだ。王宮がどういう作りになっているか、文化はどのようであるか、栄国とどこがどう違うか――そんなことをずっとしゃべっている。

春燐は相槌《あいづち》程度だったが、彼はそれでも止まることなくしゃべっている。春燐は生まれてからこれまでこんなにしゃべる人に会ったことがなかった。

「この廊下の先が、唐陀国の後宮緋翼宮《ひよくきゅう》です。この先は外界と隔絶された男子禁制の聖域――ということになっていますが、実は男子、めっちゃ入ります」

ようやく目的地というところで、角炎は真面目に言った。

男子、めっちゃ入るのか……と、春燐は思った。

「許可制なんですけどね、許可出しゆるゆるなんでめっちゃ入ります。というわけで、私も普通に入ります。じゃあ、一緒に行きましょう」

と、彼は後宮に足を踏み入れる。王妃となる相手にずいぶんと軽い物言いをする男だ。春燐の育ってきた栄国の王宮にこういう人はいなかったから、少し不思議な感じがする。

「一番西が王太后殿下の香菂殿《かやくでん》、一番東が王妃殿下の夜墨殿《やぼくでん》ですよ」

ざっくりと方角を指さして説明しながら、角炎は東へと足を進めた。

「ところで……まあ大した話じゃないんですが、春燐姫は……その……どういう感じの男がお好みなんですかね？　ほら、ね？　色々ありますよね？」

突然話の進む先が変わり、急角度で明後日《あさって》の方向に飛んでいった。質問の意味は分かったが、意図が分からなくて春燐は答えられなかった。

「いや、口説いてるわけじゃないですからね!?」

何を思ったか、角炎は振り返って慌てたように手を振った。

「私は妻帯者なので！　いつだって心に世界一可愛い妻がいるので！　妻命なので！

だからそういう意味ではなく、ええと……ここは男子めっちゃ入りますから、それはもう多くの男を目にするわけで……つまり、春燐姫はどういう男がお好みなのかと……」

話はぐるっと回って最初に戻ってきた。彼が春燐につまるところ何を聞きたいのか、やはり分からない。

「ほら、あれですよね？　例えば……いかつい男は怖くて嫌だとか、体の大きい男は怖くて嫌だとか、目つきが悪い男は怖くて嫌だとか、すね毛マジ無理とか……ね？」

最後の一音とともに彼はまたにこっと笑ったが、今度は少し頬がひきつっている。春燐は言葉の意味を吟味し、わずかに首をかしげる。

「どうも思いません」

「え！　怖いの平気ですか？」

「怖い？」

未知の言葉を口にするかのように、春燐はまた逆に首をかしげる。

「例えばですよ！　例えば！」

角炎は急に必死になる。今の会話の何が彼をそうさせたのか、甚《はなは》だ不可解である。角炎は妙に力のこもった顔のまま、更に聞いてくる。

「例えば、虎と熊と狼と猪と鬼と死神を足して割らないような男がいるとしましょう」

「いるんですか？」

「例えば！」

強い口調に春燐はたじろいだ。彼は酷《ひど》く挙動不審で、追い詰められたような切迫感を感じさせるものの、その本意はまるで見えてこないのだ。

「そういう男……どう思いますか？」

「……別にどうも思わないですが」

正直に答えると、角炎の表情はぱあっと晴れやかに輝いた。

「そ、そうですか。いやぁ……はは、今日はいい天気だ」

陽気な笑顔でまた歩き出す。情緒不安定な御仁だなと春燐は思った。

「ここから先は夜墨殿です。春燐姫が好きなように振舞って大丈夫な場所ですよ。ほしいものとかありましたらね、いつでも！　いつでもこの私にお申しつけ下されば、あっという間に用意して差し上げますからね。どうぞご遠慮なく！」

上機嫌の彼の申し出はありがたく、春燐は思いついた願いを口にした。

「でしたら、墨と絵具と筆と紙を頂ければ」

「え？　あっはっは、春燐姫は無欲でいらっしゃる。そのようなものはいくらでもご用意いたしますので、どうぞ好きなだけお使いください」

角炎がそう言ったところで、二人はとある部屋の前にたどり着く。

「こちらで婚礼のお支度をいたしましょう」

彼がうきうきと弾むように部屋の扉を開けると、仄《ほの》かな香の匂いがして――

「唐陀国へようこそ、春燐姫様！」

甲高い声に迎えられる。十人ばかりの女官が満面の笑みを浮かべて春燐を迎え入れた。いささか不自然なほどの大歓迎だ。彼女たちはみんな飛び切りの笑顔だったが、その端々に妙な緊張感が漂っている。

「まあ！　なんてお美しい姫様でしょう！」

目を輝かせて言ったのは、二十代前半と思しき女だった。

「私は陛下の筆頭女官、朱翠《しゅすい》と申します。これは妹の碧藍《へきらん》、春燐姫様の筆頭女官を務めます」

朱翠と名乗る女官は隣の娘を前に押しやる。春燐と同年代の年若い娘だ。

「碧藍でございます」

彼女は名乗り、つぶらな瞳《ひとみ》を瞬きもせず春燐を凝視した。

「僭越《せんえつ》ながらお伺いしますが、春燐様はどのような殿方をお好みでしょうか？」

突如聞いてくる。角炎と同じその問いに、春燐は呆気《あっけ》にとられた。本当にこれは何のための質問なのだろうかと、真剣に考え込んでしまう。これが最近の唐陀国の流行《はやり》なのか？　異国の文化は難しい。突拍子もない問いのように思えるのだが、何故だか女官たちはみんな同じく真剣な顔で春燐を凝視しているのである。

「はっはっは、春燐姫はそのような些事《さじ》にこだわらないお方なのですよ」

角炎が余裕ぶって言う。

「と、おっしゃいますと？」

「熊でも鬼でも平気だそうです」

途端、女官たちはざわつく。

「春燐姫は男を見てくれで判断したりしないということですよ。肝の据わったお方だ。紗祥様の嫌味にも動じることなく、煽《あお》り散らかして追い払ったくらいですからね」

春燐は少し慌てた。煽り散らかすなどとんでもない。心のこもった歓迎を受けただけで、春燐は彼女に感謝しているし煽ってなどいない。

女官たちは感嘆の声を上げ、何故か拍手し始める。春燐は困り果ててしまった。自分が彼女たちの称賛を受けている理由が何一つ分からない。分からないことだらけでどうしたらいいのか分からない。もう何もかも分からない。

「さあさあ！　そうと分かれば婚礼の支度を急ぎましょう！」

途方に暮れる春燐を置き去りに、国王陛下の筆頭女官とかいう朱翠がぱんぱんと手を叩《たた》き他の女官たちに指示する。春燐はあっという間に囲まれて、もみくちゃにされて重たい衣装を着せつけられた。

「春燐様は、唐陀国王であられる鬼嶽様がどのようなお方であるか、何かお聞きになっていますの？」

きつく髪を結い上げながら朱翠は聞いてくる。春燐は、ここに来るまでに得た情報を頭の奥から引きずり出した。

「陵鬼嶽、二十五歳、先王陵雪暁《りょうせつぎょう》の弟。十三歳で国王軍に入り、同時に南方将軍の位を得る。同年、最初の遠征で南蛮のグダール族を制圧。翌年、四江《しこう》地方で起きた反乱の鎮圧に成功。十五歳で小津安《おづあん》戦役に参加し、小津安奪還の立役者となる。同年——」

淡々とあげてゆく情報に、その場の全員がぽかんとした。自分の夫となる相手を語る花嫁としてその言葉はあまりに事務的だったし、口調は乾いて冷たい。花嫁の恥じらいらしきものはかけらも見いだせなかったに違いない。

「二十三歳の時に兄である先王陵雪暁が病で崩御。雪暁には息子がいたが、当時三歳であったため即位することはなく、代わりに陵鬼嶽が即位。しかし母親の身分が極端に低く後ろ盾がない状態での即位であったため、後ろ盾となり得る家格の娘を妃《きさき》とすることを望んでいる。そうして選ばれたのが——」

春燐は感情の伴わない情報の羅列を終えると、自分の顔を指さした。

「聞いているのはそれだけです」

部屋の中は奇妙にしんと静まり返った。

「隠しておくのも申し訳なく気の毒なので伝えておきますが、私にはあまり利用価値がありません。栄国王の娘であることは事実ですが、私にも母や祖父の後ろ盾はありませんので、栄国での地位は地を這《は》いずるほどに低いのです。残念ですが、両国の橋渡しをする力など私にはありません」

嫁げと言われた時のことを思い出し、自然とため息が零《こぼ》れた。

「しかも御覧の通りの醜悪な姿……父が私をこの国に嫁がせた本当の理由は、いざとなれば切り捨てても困らないからだと思います」

そしてもう一つ、一番大切なことを言っておかなければならない。

「何より私は、これまで人を愛したことはありませんし、人に愛されたこともありません。私は空虚で薄情で醜悪で……人とまともに心を通わせることができる人間ではないのです。ですから陵鬼嶽陛下とも、愛し合うことは絶対にないと断言できます」

必要なことをすべて吐き出し終えて、春燐は彼らを見やる。角炎と女官たちはお互い顔を見合わせ、ささっと部屋の端に集まった。

「えー……ちょっと落ち着いて状況を整理しましょう」

「待ってくださいな……何か話が違いませんこと？」

「この姫君、肝が据わった怖いもの知らずの姫君とかじゃなく……」

「そうですね、何というかちょっと……」

「……変な人？」

そして一同は黙り込む。

全部聞こえていますよ……と、春燐は思った。

恩角炎といい女官たちといい、この王宮に仕える人たちはどうも、軽いというか明るいというか……ずいぶん愉快な人たちのようだ。春燐の生まれ育った栄国の王宮では春燐にこういう接し方をする者はいなかったから、少し反応に困る。

「え、ちょ、どうするこれ、本当にどうする？　もう引き返せないやつですよ」

「そうですね……腹をくくるしか……」

「いやでも、本当にこの姫をあの陛下に会わせて大丈夫でしょうか？」

彼らは同時に春燐を見た。

不安いっぱいの眼差《まなざ》しを注がれて、春燐は小首をかしげる。

自分が変な人であることは知っている。この世の誰も愛せない――なんて人間は、きっとまともじゃない。父を、母を、きょうだいを、妻を、夫を、家人を、親族を、同僚を、主《あるじ》を、臣下を、友を、恋人を――人は人を愛して生きるものだ。けれど春燐にはそれができない。だから自分は変な人に違いない。

だけど、あの陛下――というのはどういう意味だろう？　自分が嫁ぐ相手を、春燐は字面でしか知らない。傍に仕える人たちから、あの陛下――と呼ばれる陵鬼嶽とは、いったいどんな人なのだろうか？　彼らの明るさが王の影響を受けたものだとしたら、陵鬼嶽もこれ以上に明るい人なのかもしれない。

数拍黙考し、どうでもいいかという結論に至る。どんな人間であろうと、春燐の心に細波《さざなみ》すら立てはしないということだけは分かっているのだから。

時間に追われた女官たちの手で仕上げに装飾品を飾りつけられ、春燐は身支度を終えた。ずいぶん重たい豪奢《ごうしゃ》な緋色《ひいろ》の衣装はまるで枷《かせ》のようにも思われた。

婚礼が執り行われるのは王宮の最北に建造された聖廟《せいびょう》だ。千年前の聖人が眠る廟なのだというが、死者の眠る場所にしては装飾が煌《きら》びやかだ。柱には精緻《せいち》な花や鳥の彫刻が施され、屋根の造りも華やかだ。こういう催事を執り行うための場所でもあるのだろう。

聖廟の中では婚礼が終わるまで決して言葉を発してはいけません――そう言われ、春燐は紅で彩られた唇を固く引き結んで聖廟に足を踏み入れた。

廟の中には立派な礼服に身を包んだ人々がずらりと並んでいた。大勢の人が見守る中、春燐は歩を進める。最奥の壇上に一人の男が立っているのが見えた。春燐と同じ深紅の婚礼衣装――間違いなく唐陀国の王、陵鬼嶽だ。

近づき、その顔がはっきりと見えたところで春燐は凍り付いた。

どくん……と、大きく心臓が鼓動した。

痛いほどの鼓動に何度も何度も襲われながら、春燐は彼を凝視した。

鬼嶽は、獲物を狙う鬼のようないかめしい顔つきで春燐を睨《にら》んでいる。額から左頬にかけて稲妻のようなギザギザの傷痕《きずあと》が目立つが、それが愛嬌《あいきょう》に思えるほどいかつく獰猛《どうもう》な顔立ちだ。明るさなんてものはひとかけらも見いだせない。頑強で硬そうな巨軀は獣のよう。何より異質なのは彼の瞳だった。その眼光は射抜かれただけで息の根が止まりそうなほどに鋭く、人のそれとは思えない。

これは人を殺すために存在する生き物だ――と言われて信じない者はいないだろう。虎と熊と狼と猪と鬼と死神を足して割らない男――そんな言葉を思い出す。目の前の男はまさにそういう男だった。

春燐は立ち尽くし、体が震えるのを止められずにいた。辺りの人々がざわつく。困ったように……あるいは落胆するように……春燐と鬼嶽を交互に見ている。

春燐がそれ以上動かぬと知った鬼嶽は、腹立たしげにわずか嘆息する。途端、周囲の人々はぶるっと震えあがった。鬼嶽は壇上から下り、春燐に向かって歩いてくる。春燐はもう息もできないくらい苦しくなっていて、ただただ彼を見つめるばかりだった。鬼嶽が目の前まできた時――

「死ね！　父の仇《かたき》め！」

がなり声とともに、人の群れの間から短剣を握った一人の男が飛び出してきた。周囲の参列者は仰天し、誰一人反応できない。男は鬼嶽に向かって突進し、彼の腹に短剣ごと体当たりしようとする。

「陛下！」

誰かが慌てて叫んだ。が――次の瞬間、鬼嶽は腰に差していた祭事用の剣を抜き、雷《いかずち》の如く男を一刀両断にした。頭蓋《ずがい》のてっぺんから股《また》まで斬られた男は、真っ二つになって床に落ちる。激しい血しぶきが辺りに散り、鬼嶽と春燐の全身にかかった。緋色の婚礼衣装がなお赤く染まる。

血まみれになった春燐は、同じく血に濡《ぬ》れた鬼嶽を瞬《まばた》きもせず見つめていた。指一本動かすことができない。

あまりの出来事に、周囲の人々は真っ青になって後ずさった。

「なんと……恐ろしい……」

呟《つぶや》く彼らの瞳《ひとみ》は、無残な遺体に据えられている。誰も王の顔を見ることはできずにいた。恐ろしいというその言葉は王を狙った悪漢に対してではなく、悪漢を両断した王の人間離れした剛力に向けられているようだった。

鬼嶽は厳《いか》めしい顔をますます険しくし、突如春燐の腕をつかんだ。その手を引き、何事もなかったかのように婚礼を遂行しようとしている。放置された遺体に参列者はざわついたが、明確な意思をもって言葉を発する者は一人もいなかった。

鬼嶽は人々の動揺を意にも介さず、春燐の手を引っ張った。ほんの一瞬前、その手で人を殺したというのに――

血に汚れたその手の感触に、春燐は体が稲妻に打たれたような心地がした。へなへなと、腰が砕けてその場に座り込んでしまいそうになる。それを必死にこらえ、春燐は鬼嶽の顔を間近で見上げた。頭の中が真っ白になった。

「あの……」

思わず声を出していた。

「好きです、結婚してください」

血まみれの花嫁が発した最初の一言に、その場の全員が固まった。

婚礼は参列者の動揺を余すところなく引き出して、終わった。

無事に――とは言い難い。何せ途中で花婿が人を殺すという前代未聞の事態が起きたのだから。なのに周りの人々は言葉を発するのも恐ろしいという風で、最後まで誰一人文句を言うことはなかったのである。穢《けが》れたことなど何もなかったというように、彼らは目を瞑《つぶ》り口を噤《つぐ》んだのだ。

後宮へと戻った春燐は瞬く間に湯あみさせられ着替えさせられ、夜墨殿に用意された自分の部屋に入った。しかし初めて入る部屋を堪能《たんのう》することすらせず、床に座り込んでぽーっと宙を眺めていた。

「全ての神よありがとう……この世にあんな素敵な殿方がいたなんて……」

熱い吐息を漏らしながら、祈るように手を組み合わせて呟く。部屋の隅に控えていた女官の姉妹、朱翠と碧藍が困惑したように頭を押さえる。

「あの……婚礼の途中で大変なことが起きたと聞きましたが……」

「ええ、本当に驚きました。血にまみれたあのお姿……本当に素敵」

うっとりする春燐に、たちまち女官たちはのけぞった。

「ええと……色々言いたいことがあって、もうどうしていいのか分からないんですけど、とりあえず聞いていいですか？　春燐様は人を愛さないお方……だったのでは？」

姉の朱翠がためらいがちに聞いてくる。

「私は生まれ変わりました。さっきまでの私は消滅しました」

真顔で言い返すと、朱翠はぶんぶんと首を振った。

「待って待って速い速いついていけない！　婚礼の場でいきなり人を殺した化物みたいな男になんでそうなる⁉」

王宮仕えの女官らしからぬ荒い口調に、彼女の動揺がくっきりと現れている。

「姉様落ち着いてください。つまり春燐様は、鬼嶽陛下のお姿を見ても恐ろしいと思わなかった……ということですか？」

妹の碧藍が恐る恐るといったふうに聞いてくる。

「恐ろしいなんて思うわけありません。あんな厳めしくて獰猛で人間離れした化物みたいなお方……初めて見ました」

両手で頬を押さえ、さっきの光景を幾度も頭の中で繰り返す。眼差し一つで切り刻まれそうなあの危うさがまざまざと思い出され、頬が熱くなった。

「えー……と、ごめんなさい、ちょっと分からないですね」

碧藍は匙《さじ》を投げた。

「あの方は……どうしてでしょう？　死なないような気がしたので」

彼を見た瞬間、そんな気がした。何の根拠もなくそう思った。あの人は人間離れした強い人で、死ぬことはない――そう感じた。

そこで部屋の外から物音がすると、勢いよく扉が開かれた。

「陵鬼嶽陛下の御渡りです！」

角炎がそう言いながら心配そうに春燐を見る。春燐が湯あみしてすっかり血を落としているのを確かめると、少しほっとした顔になった。

そんな彼の後ろから鬼嶽が部屋に入ってきた。血濡れた婚礼衣装を着替え、簡素な墨色の服を着ている。冠も装飾品も何もつけない飾り気のなさだ。黒髪の後ろが長く、そこを一つに括《くく》っている。

鬼嶽は最初に会った時よりも鋭い瞳で春燐を見た――いや、睨んだ。気弱な者なら失神してもおかしくない鋭さの眼光に、春燐の胸は高鳴った。

「あの……さっきはすみませんでした」

彼はいかにも不愉快そうだったので、きっとそれを怒っているのだろうと春燐は開口一番謝った。

「声を出してはいけないと言われていたのに、ついうっかり」

何かしら儀式的な意味合いがあっただろうに、それを破ってしまった。みんな驚いていたし、はしたない礼儀知らずの花嫁だと思ったかもしれない。

すると扉の近くで様子をうかがっていた角炎が、ぶはっと噴き出した。

「わはははははは！　最高でしたよ、春燐様」

「え？　何があったんです？　陛下が刺客を斬り捨てただけじゃないんですか？」

女官姉妹が興味津々に聞く。刺客を斬り捨てただけ――という物言いに、不穏で手慣れた気配を感じる。王が刺客に狙われることも、それを返り討ちにすることも、日常茶飯事だと言わんばかりだ。角炎は機嫌よく笑いながら話を続ける。

「結婚式で花婿に結婚してくださいとか言う花嫁、初めて見ました」

「まあ！」

女官姉妹はびっくりと興奮を等分に混ぜ合わせた声を上げた。

「くだらないことで騒ぐな」

鬼嶽が無感情に言った。重苦しく低い声が響き、女官も補佐官も身震いする。初めて彼の声を聞き、春燐の胸は更に高鳴った。

「素敵な声……」

獣の唸《うな》り声か地鳴りみたいな悍《おぞ》ましい声……こんな声、今まで聞いたことがない。思わず呟いてしまうと、それを聞いた鬼嶽は眉間《みけん》に深いしわを刻んだ。彼の瞳に自分が映っていると感じ、春燐はたちまち慌てた。彼と自分があまりにも不釣り合いに思えた。こんな素敵な人と自分ではどう考えたって釣り合わない。

「鬼嶽様、醜悪でつまらない女を妻にしてしまったとお怒りのことでしょうが、ご迷惑にならないよう努めますのでどうぞよろしくお願いします」

春燐は真摯《しんし》に挨拶《あいさつ》した。すると鬼嶽はますます不機嫌な顔になった。

「きみは私を馬鹿にしているのか？　そういう冗談は好きじゃない」

冷たく言われ、春燐はさすがに憤慨した。ムッとしたように眉《まゆ》を吊《つ》り上げる。

「冗談なんて言ってません」

「ならば何が言いたい」

問われ、春燐はつまるところ自分が何を言いたいのかと思案し——

「あなたが好きだと言っています」

もう一度はっきり断言した。その言葉だけは迷いなく言うことができた。

補佐官と女官たちが無音で飛び跳ね、歓喜の涙を流して抱き合った。そんな彼らと対照的に鬼嶽は眉をひそめた。

自分の言葉が全然通じていないように感じて、春燐は戸惑った。

「私は変なことを言ってますか？　すみません、人を好きになったことがないんです」

人に愛を、伝えるやり方を春燐は知らない。人から伝えられたことがないからだ。

鬼嶽は険しい顔でしばし春燐を見返し、急に踵《きびす》を返して角炎の襟首をつかみ上げる。

「ちょっと来い」

そう言って、彼は補佐官を引きずり部屋の端へ連れて行く。

「おい、あれはお前が選んできたんだろう？」

鬼のような険しい顔で、鬼嶽は角炎の襟首を締め上げた。

「そ、そうですけど……何か問題でも？」

「問題ないと思うのか？　あれは……変な女だぞ」

「そんなことはこっちだって分かってますよ。大丈夫、いけるいける！　春燐様はかなり変なお人ですが、あなたも相当変だから大丈夫！　いける！」

「……おい」

「言っておきますけどね！　あなたを好きだなんて姫君はこれを逃したら未来永劫《えいごう》出てきませんからね！　今までどれだけの姫君があなたを怖がって逃げ出したと思ってるんですか。いいかよく聞け、これは奇跡ですよ！　絶対逃がしちゃダメですからね！」

「角炎……お前は私をどうしたいんだ」

「もちろん、幸せになってほしいに決まってるでしょ。世界一可愛い妻と愛し合って毎日幸せな俺みたいにね」

角炎が真顔で断言するのを聞き、鬼嶽は深々と嘆息して放り投げるように彼を離す。

全部見えてるし聞こえているんですけど……と、春燐は思った。

それにしても……この二人はずいぶんと仲が良さそうだ。王と補佐官というより、もっとずっと近しく見える。角炎の物言いは王に仕える者としてあり得ないほど無礼だったが、鬼嶽はそれを当たり前に許している。何とも不思議な関係に見える。少々面白くない気分で、春燐は男たちのやり取りを眺めた。

「お二人とも！　そこらへんでおやめになってくださいまし！」

ぱんぱんと手を叩《たた》いてそのやり取りを止めたのは、姉女官の朱翠だった。

「もう夜も遅いですし、そろそろ私たちは下がります」

含みのある笑みを浮かべて朱翠は告げる。

「そうですね、そうしましょう」

角炎が間髪を容《い》れずに同意し、妹女官の碧藍もいそいそと出て行こうとする。

「おい、お前たち！」

鬼嶽が怒声を上げるが、彼らは立ち止まることなく一斉に逃げ出した。

あれよあれよという間に部屋の中は春燐と鬼嶽の二人だけになってしまった。急に静かになり、なんだか身動きするのも緊張する。

「……言っておくが」

鬼嶽が冷ややかに口火を切った。

「私は元々妻を迎えるつもりなどなかった」

その言葉に、春燐は息を詰める。やっぱり声がいい……好き……

もっと声を聞きたくて、会話を続ける。

「そうなんですか？　どうして？」

「必要ないからだ。跡を継ぐのは兄の子で、私は子を作るつもりはない。私の血はこの世に残さない」

そこで彼は腹立たしげに息を吐いた。

「私に妻を持たせようと目論《もくろ》んだのは角炎だ。私には後ろ盾がない。それを、異国の姫を妻にすることで補おうとしたんだろう」

彼の言葉は淡々と硬く、無情だった。

「この国にきみの居場所はない」

「お部屋が足りなければ、鬼嶽様のお部屋のすみっこにでも置いてくだされば……」

本気で提案すると、鬼嶽の顔が険しくなる。その鋭い目にドキッとする。

「くだらん冗談を……きみは私が怖くないのか？」

「別に怖くはないです」

どうしてみんな同じことを聞くのか、春燐にはやっぱり分からなかった。この人が怖いなんて少しも思えない。春燐はドキドキしながらじいっと彼の凶悪な顔を見上げる。

間近で見上げられた鬼嶽はますます険のある顔になった。

「私はきみを愛しはしないぞ。それでもいいと？」

問われ、春燐は愕然《がくぜん》とした。彼が春燐を愛さない……？　そんな……そんな……

「そんな当たり前のことをどうして聞くんです？　私を愛する人なんて、この世に存在するわけないじゃありませんか」

当たり前すぎて困惑する。ただでさえ自分を愛する人なんているわけがないのに、ましてこんな素敵な人が春燐を愛するだなんて、夢物語にしたって不出来がすぎる。

「愛せもしない醜悪な妻を迎える羽目になってしまったのは、本当にお気の毒で申し訳ないと思っています。私なんかじゃあなたには釣り合わないことも分かっています」

「……きみの目に私はどう見えているんだ？」

「え？　世界一かっこいいです。好き」

春燐はぽっと頬を染める。鬼嶽の表情は凍った。ややあって、彼は獰猛《どうもう》な笑みを浮かべた。笑顔が人を凶悪に見せるところを、春燐は初めて見た。胸の高鳴りが止まらな過ぎてくらくらする。対する鬼嶽はどこまでも冷ややかだった。

「冗談もここまでくると見事だな。きみの首を切り落として今すぐ栄国に送り返してやりたい気分になった」

「そうすれば私があなたを好きだということ、信じてくださいますか？　だったらどうぞ、差し上げます」

春燐は心から告げた。どうして信じてくれないのかと、歯がゆい気持ちになる。こんな素敵な人なら、春燐だけじゃなく今まで数多《あまた》の女性から求愛されてきただろうに。

「……これはもしかして、モテすぎた弊害……？　古今東西の婦女子にモテすぎて、女性不信になってしまったとか？」

春燐はっとして口元を押さえる。鬼嶽は腹立たしげに嘆息した。

「これ以上の会話は無駄のようだな」

「あ、ではもうお休みになりますか」

「ああ、失礼する」

そう言って彼は背を向け、部屋を出て行こうとした。

「え？　婚礼の夜は初夜と言うのでしょう？　床を共にするのでは？」

すると鬼嶽はうんざりした顔で振り返った。

「子を作る気はないと言っただろ」

「……？」

春燐は彼の言うことがいまいち理解できず、眉をひそめて首を捻《ひね》った。

「文句があるか？」

彼は低い声で脅すように聞いてくる。声が素敵……

「あの……子供というのはどうやって作るのですか？　一緒に寝ることと何か関係があるのですか？」

途端、鬼嶽は固まった。

「鬼嶽様？」

「……失礼する」

そう言うと、彼は春燐の部屋から出て行ってしまった。

一人取り残された春燐は、しばしそのまま佇《たたず》んでいた。学がないと呆《あき》れたのかもしれない。ちょっと知ったかぶりしておくべきだったかと今更ながら後悔するが、後々無知が露見するほうが気まずいはずだ。恥は早めにかいておく方が傷は少ないと聞く。

唸《うな》っていると、静かに部屋の扉が開いて春燐の筆頭女官になった碧藍が入ってきた。

「春燐様……お話は聞いていました」

彼女は深刻な面持ちで言った。

「聞いていたのですか？」

「聞いていました。初夜に不手際があってはならないと、姉ともども聞き耳を立てていました」

春燐は怒るべきか感謝すべきか分からず、おかしな顔になってしまう。

「僭越《せんえつ》ながら、私がお教えいたします。子供の作り方を……」

「あ、それは助かります」

春燐はほっとして顔を輝かせた。どうして鬼嶽が出て行ってしまったのか分からなくて困っていたのだ。自分は何か彼を怒らせることをしてしまったのかもしれない。教えてもらえば次は嫌な思いをさせずに済むだろう。

そこでまた部屋の扉が開き、にゅっと女の顔が覗く。鬼嶽の筆頭女官である朱翠で、突き出された手には一冊の本が握られている。

「ありがとう、姉様」

碧藍はその本を受け取り、春燐の目の前に掲げてみせる。

「初級編から上級編まで叩き込んで差し上げますわ。夜は長いですからね」

第二章　純白の花嫁

春燐《しゅんりん》が眠ったのは、夜明けが近くなってからだった。

目を覚ますと太陽はすっかり高く昇っていて、人が活動している昼間の気配がする。

春燐は寝台に起き上がり、頬を押さえてほうっと息をついた。

「昨夜は遅くまでお疲れさまでした」

春燐と同じく遅くまで起きていた碧藍《へきらん》はすでにすっかり身支度を整えていて、ぼうっとしている春燐の傍に立っている。

「私、全然知りませんでした。まさか世の夫婦があんなことをしているなんて……子供は結婚したら自然にできるものかと……。ご教授ありがとうございます」

春燐は居住まいを正し、女官に向かって深々と礼をした。

「閨事《ねやごと》で分からないことがあれば全てこの私にお聞きください。鬼嶽《きがく》様は頑《かたく》なに女性を寄せ付けようとしませんが、私ども臣下は鬼嶽様と春燐様が心を通わせて仲睦《なかむつ》まじく過ごしてくださることを切に願っておりますので」

生真面目に告げられ、春燐は彼女を拝みたくなった。

「先生！　ありがとうございます。ですが、あんな素敵な殿方が、どうして女性を寄せ付けようとしないのでしょう？　やっぱりモテすぎて嫌になったのでしょうか？」

「……たいへん申し上げにくいですが、陛下が女性にモテたことは一度もないです。本当に皆無です。陛下は見た目も声も行動もたいそう恐ろしくていらっしゃるので、世の女性は怖がって逃げるのです。目の前で陛下が人を殺《あや》める姿を見て逃げ出さないなんて、春燐様くらいですよ」

「本当ですか!?　じゃあ、側室や妾《めかけ》はいないんですね!?」

春燐はぱあっと花が咲くような笑顔になった。小躍りしたいくらいの気分だ。

「え、ええ。もちろんいません」

春燐の勢いが強すぎたせいか、碧藍はやや引き気味に頷《うなず》く。

「ああよかった！　そんな女性がいたらどうしようかと思いました」

なにせ人を好きになったのは初めてだから、その人に別の相手がいたとき自分がどうなってしまうのか想像もつかない。

「ところで鬼嶽様は次にいついらっしゃるのでしょう？」

弾んだ気持ちで尋ねると、碧藍は微苦笑を浮かべた。

「陛下は気難しいお方なので、次にいつお渡りがあるかは分かりません」

「そうですか……」

春燐は一瞬しゅんとし、次の瞬間寝台から飛び降りた。

「これはつまり、私の方から会いに行くべきだという神の啓示……？」

仰天する女官を置き去りに、春燐はさっさと身支度を始めた。

春燐はおしゃれが分からない。身の回りの世話をしてくれる女官もいなかった。なのでいつもはそこにあるものを考えもなく着るのだが、少しでも自分をマシに見せたいという生物の根源的欲求が、無頓着《むとんちゃく》に衣服を纏《まと》うことを躊躇《ためら》わせた。

「少しでもマシに見える服を選んでくれませんか？」

春燐が頼むと、碧藍は観察する目つきでしばし春燐を見やり、細かな花の刺繡《ししゅう》が入った露草色の衣を持ってきた。ところどころに使われた銀糸が水面《みなも》に揺らめく光のようだ。

それを着せられ、自分を見下ろす。なんて綺麗《きれい》な衣装だろう。これなら少しはマシに見えるかもしれない。いや、何を着たところでこの醜悪さが薄れることなどないのは分かっているけれど……それでも少し気分が弾む。

長い黒髪は堅苦しく結うのが苦手でいつも結ばずそのままにしているが、この日は碧藍の手で上半分を結われて花を模した銀細工の髪飾りをつけられ、下半分はそのままさらりと流した。

春燐は携帯用の筆記用具と紙を持ち、浮かれ気分で部屋を出て、国王が政務を行う御《ご》諒殿《りょうでん》という場所に向かった。後宮から出る時も、御諒殿に足を踏み入れる時も、衛士たちは何故か春燐を止めなかった。あれが例のお妃様《きさき》かとひそひそ噂する者もいたが、春燐が道を尋ねると慄《おのの》きながらも親切に教えてくれるのだ。御諒殿の中をあちこち眺めながら進み、すれ違う官吏を捕まえて場所を確かめ、政務室にたどり着く。

扉の隙間からそっと中を覗《のぞ》くと、細い隙間の奥に鬼嶽の姿が見えた。机について書簡を読む彼はきっちりとした漆黒の衣を纏い、今日も厳《いか》めしい顔をしている。

「ああ……やっぱり素敵……」

春燐は興奮しながら、一瞬も目を離すまいと彼を凝視する。

「もしもし、女官殿。そこで何を……え！　お妃様!?」

怪しい行動をしている春燐に声をかけてきた一人の老官吏が驚いて飛び上がった。婚礼の場にいた者だ。春燐は振り返ってしーっと指を立て、沈黙を求める。

「あの……陛下に御用でしたら取り次ぎますが……？」

彼はひそひそ声で気遣ってくれた。

「ありがとうございます。でも、お邪魔になってはいけませんから。私はここで見ているだけでいいんです」

「ははあ……ですが、お妃様が一人で出歩くなど危ないことです。禍鬼《まがつき》に喰《く》われてしまわぬようお気を付けを」

老官吏は案じるように言った。

「禍鬼？　昔話に出てくる伝説の鬼の？」

あまりに唐突で春燐は首を傾げた。それは血をすすって人を殺す不死の化物の名だ。

「ええ、夜な夜な人を喰らい歩く、あの恐ろしい鬼のことです。実はこの王宮ではその昔……恐ろしい禍鬼が現れたことがあり、ことあるごとにこの名が囁《ささや》かれるのですよ」

「へえ……そうなんですか」

感心する春燐に、老官吏は苦笑いを浮かべた。

「ご安心ください、昔のことです」

彼はそう言うと、深々と礼をして立ち去った。

春燐は再び扉にかじりついて中を覗く。すると鬼嶽の前に跪《ひざまず》く若い男の姿があった。

何か失態があったらしく、彼は必死に謝っている。鬼嶽はそんな男を睥睨《へいげい》し、轟《とどろ》くような声で叱責《しっせき》した。男は跪いたまま震えあがり、今にも気を失いそうな様子だ。鬼嶽の鋭い眼差《まなざ》しが男に突き刺さる。男は泣き出してしまった。

そのさまを目の当たりにし、春燐は思わず袖口《そでぐち》をぎりぎりと噛《か》み締めた。

「私のことはあんな風に罵《のの》ってくださらなかったのに……」

あんな風に鋭い眼差しで串刺《くしざ》しにされて、厳しく罵られてみたい。昨夜の彼は、春燐にそこまでの強い感情をぶつけてはくれなかった。自分はこんなに不出来な女なのだから、あのくらい罵られたっていいはずだ。

「悪口の一つくらい言ってくださったって……」

思わずぶつぶつと不満を漏らしてしまう。

「仕事の邪魔をしたら怒ってくださるでしょうか？　いえ、それはダメです。鬼嶽様は一生懸命お仕事をなさっているのですから……」

自分に言い聞かせていると、鬼嶽は立ち上がってこちらに歩いてきた。春燐はとっさに逃げ出し、大きな柱の陰に隠れた。鬼嶽が乱暴に扉を開けて出てくる。

ドキドキしながら見守っていると、彼は不機嫌そうにどこかへ歩いてゆく。そのあとを、補佐官の角炎《かくえん》が必死に追いかけて何か訴えている。

春燐はこっそりと後をつけ始めた。鬼嶽が歩くと、すれ違う人々は一斉に礼をとり呼吸するのも恐ろしいというように固まっている。そしてその後をこそこそ歩く春燐に気づくと、全員一様に啞然《あぜん》としてまた固まるのだった。

鬼嶽は政務室からずいぶんと歩き、御諒殿の端にある部屋に入った。春燐がこっそり覗くと、中には大量の書物が収められた書架が並んでいた。書庫か何かだろう。

「陛下、他の者に捜させますので政務室にお戻りください」

角炎がまた訴える。

「手は多いほうがいい、お前も捜せ」

鬼嶽は厳しい声で言うと、目の前の書架から出した書物に目を通し始めた。いったい何を捜しているのだろうかと、春燐は耳をそばだてた。

「いつまで覗いているつもりだ？」

鬼嶽が苛立《いらだ》ちのこもる険しい声で言った。春燐はびくりとして、そろりそろり部屋の中に入った。書物の満ちた部屋の中は乾いた独特のにおいがする。

「気づいていたのですか？」

「気づかないわけがあるか、鬱陶《うっとう》しい」

心底鬱陶しそうに言われ、きゅんとする。邪魔したことは申し訳なく思えたが、もう少し罵られてみたいという欲が足をその場に縫い留めた。

「何か捜しているのですか？」

「きみには関係ない」

「紛失した資料を捜してるんですよ」

そっけない鬼獄の代わりに角炎が教えてくれる。

「捜すのが大変な資料なのですか？」

「東方古語で書かれたものなので、読める人がほとんどいないんですよ。翻訳したものを紛失してしまって、元の資料を捜さないといけないんです。しかもこの大量の書物の中のたった一冊のうちのたった一文を捜すとか……気が遠くなりますね。ああもう……あの人はいつも酒でやらかすから……」

あの人というのは、さっき叱責されていた男のことだろうか？　酒でやらかして資料を紛失――もしくは破損ということだろう。

「古語って……見たことないです」

春燐は勉強というものをしたことがないし、何かを学べと強制されたこともなかった。

「東方古語を読める人なんて、もうほとんどいませんからね」

角炎は気遣うように言った。

「翻訳した人は覚えてないのですか？」

春燐はさっきの言葉から想像し、そう聞いてみる。

「文章というか、半分は数字なので……覚えてる者はいないでしょうね」

角炎はひきつった笑みを浮かべた。そして書架を漁《あさ》る鬼嶽の方を向き、

「陛下、とにかく人を集めてきますから」

そう言うと、走って部屋から出て行ってしまった。

「……私もお手伝いしていいですか？」

春燐は緊張気味に尋ねてみる。

「邪魔だ」

「でも、人手があった方がいいんですよね？」

「きみは古語を読めないいんだろう？」

「見たことはないです。でも、捜している資料の一文だけ書いてくだされば、それと同じものを捜すお手伝いはできると思います。ここに書いてみてください」

趣味の絵を描くために持っていた筆記用具と紙を差し出す。

「邪魔をするなと言っている」

「いいから書いてください」

春燐があまりにも譲らないので、鬼嶽は厳めしい顔のまま乱暴に筆記具を取った。紙に文字を書きつけ、無言で春燐に返す。紙には見たことのない文字が書かれていた。

「不思議な形の文字ですね、なんて書いてあるのですか？」

「東部地方の橋の設計」

「橋の設計？　これと全く同じ文章が書いてある書物を捜せばいいんですね？」

「ああ」

鬼嶽はこちらを見もせずに答える。少しも期待していなそうだ。

「じゃあこっちの棚から捜しますね」

春燐はそう言うと一番上の書物を手に取り、一枚一枚すごい速さでめくった。最後までめくり終わると目をつむり、数拍──書いていない。次の書物を手に取る。同じように勢いよくめくり、目を閉じて数拍──書いていない。そしてまた次を──

「おい、邪魔するなら出ていってくれ」

鬼嶽が怒気をにじませた声で言った。

「邪魔なんてしてません」

春燐は答えながらまた次の本をめくり、目を閉じて数拍──

それを次々繰り返してゆく。

「お待たせしました！　陛下！　東方古語を読める者を何人か連れてきました！」

角炎が人を連れて戻ってきた。彼らは春燐が書物をめくる姿を見て驚き、しかし咎《とが》めるでも労《ねぎら》うでもなく、各々《おのおの》書架に手をかけた。

「おい……こっちの棚全部、東方古語の文献だろ？　この中から一文捜し出すって……

終わる気がしないよ……」

彼らはげんなりした様子で慣れない文字を読み始める。

鬼嶽も角炎も腹をくくったように書物を漁り、春燐は一人で黙々と書物をめくり続けた。確認した書物は床に重ねていき、たちまち書物の山ができた。彼らが数冊の書物を確認する間に、春燐は二百を超える書物の山を作った。

そして二百三十五冊目の書物を勢いよくめくり、目を閉じて――

「見つけました」

言って、目を開ける。そして書物の中ほどを開いて鬼嶽に差し出す。

鬼嶽は驚いた――というよりは、怒った顔で書物を受け取った。疑《うたぐ》るような目で書物を見やり、鋭い目が大きく見開かれる。

「この部分、同じ文字ですよね？　『東部地方の橋の設計』と読むのでしょ？」

「……どうやって見つけた？」

その問いが正しい資料を見つけたことを表していると分かり、春燐はほっと胸をなでおろした。役に立てたのだと思って、ちょっと嬉《うれ》しくなる。死んだような顔で作業していた人たちが、書物を放り投げて集まってきた。

「嘘でしょう⁉　本当に見つけたんですか⁉」

「うわあ！　本当だ！　間違いなくこれだ！」

彼らは歓喜の声を上げてひとしきり騒ぐと、春燐に訝《いぶか》るような目を向けた。

「お妃様《きさき》、どうやって見つけたのですか？」

鬼嶽と同じことを聞いてくる。

「私は人より記憶力が良いらしいのです」

「記憶力？　きみは古語を知っていたということか？」

鬼嶽が眉《まゆ》をひそめて問いただした。春燐は首を振る。

「いえ、知りません。だから書物の内容を一度記憶して、鬼嶽様の描いた文字と照らし合わせて見つけたんです」

頭の中には今読んだ二百三十五冊の本がすっかり記憶されている。

「見たものや聞いたことは覚えられるんです」

「生まれてから見聞きしたことを全て覚えていると？」

信じられないというように聞かれ、春燐は首を振る。

「全部覚えているわけじゃありませんよ。子供の頃のことなんてほとんど覚えてなくて、六歳以前の記憶は全くないですし……」

春燐が説明しても、鬼嶽はまだ信じられない顔をしている。だが、彼の手に持っている書物が春燐の言葉を確かに裏付けていた。

「……助かった」

ひとこと言われ、春燐は胸の中に花が咲いた気分で飛び上がった。

「お役に立てて嬉しいです」

鬼嶽はそれ以上何も言わず、書物を持って部屋から出て行く。角炎がすぐにその後を追いかけて、春燐は更に後から彼らを追いかけた。

鬼嶽は執務室に戻り仕事を再開した。春燐はまた扉の隙間からその様子をうかがう。

「お妃様、中にお入りになっては？」

途中、角炎がそう勧めてきたが、春燐はそれを固辞した。

「いいえ、お邪魔になってはいけませんから」

「はあ……そんなところから覗《のぞ》いて楽しいんですか？」

「ええ、とっても楽しいです。あの人の動きを瞬《まばた》き一つまで全部記憶したい……」

春燐は思わず笑み崩れた。笑うのは得意じゃない。慣れていないから顔の筋肉をどう動かしたらいいのか分からない。けれど、勝手に顔が笑ってしまった。それを見て、角炎も嬉しそうな顔になった。

「お妃様は、本当に陛下のことがお好きなんですね」

「ええ、大好きです」

春燐の声は大きく響いた。角炎はにやっと笑って背後の鬼嶽を見た。

「角炎、仕事しろ」

鬼嶽の険しい声が飛んできて、角炎は急ぎ駆け戻っていく。鬼嶽と角炎はそこで何やら少し言い争い、同時に噴き出した。角炎が何か冗談でも言ったらしく、鬼嶽は笑いながら文句を言っている。春燐は二人のその姿を見て、むうっと口をへの字にした。

昨日から思っていたけれど、やっぱりあの二人は妙に仲が良く見える。何か特別な関係だったりするのでは……と、疑りながら眺め続けたのだった。


夕方になって鬼嶽はようやく政務を終えた。

政務室から出てくる夫を、春燐は少し離れて見守る。彼が補佐官を連れて自分の部屋に戻ろうとするので、春燐は距離をとったままずっと後をついていった。

「どこまでついてくる気だ？」

振り返りもせず聞かれ、春燐は距離を開けたまま答える。

「どうぞお気になさらず」

「邪魔だ」

「では、もう少し離れますね」

春燐は更に距離を開けて、ずっと後をついてゆく。鬼嶽は後宮と御諒殿の間にある静《せい》狼殿《ろうでん》と呼ばれる王の住居に戻った。その中央にある自室に入り、春燐を締め出す。

部屋の外を守っていた衛士が困惑気味に春燐を見た。春燐は唇の前に指を立てて沈黙を願い、そーっと扉を開けて隙間から中を覗いた。角炎がすぐに気づき、小さく手を振ってくる。鬼嶽は着替えようとしていて、帯をほどき上を脱ぎかけたところだった。

「覗くな」

春燐が覗いていることにすぐ気づき、鬼嶽はじろりと睨《にら》んできた。そして春燐に手を振っている角炎の肩をどつく。やはり仲がいいなと春燐は羨《うらや》ましくなった。

「あの……お手伝いしましょうか？」

「結構だ」

「はい、分かりました」

素直に答えながらも、春燐は扉を閉めることなくじーっと覗き続けた。

「何がしたい？」

彼はうんざりしたように聞いてきた。

「……昨夜、子供の作り方を教わったんです。碧藍は達人ですね」

隙間からそう答えると、鬼嶽の傍らに立っている角炎が思い切りむせて咳込《せきこ》んだ。

「……だから何だ？」

「私は今まで人の裸を見たことがないので……だから、最初に見るのは他の人じゃなく鬼嶽様の裸がいいなと思って……邪《よこしま》な妄想をしていました」

「…………」

鬼嶽がこれ以上ないほど苦い顔になったので、春燐は鹿爪《しかつめ》らしく首を振った。

「いやらしいことをしたりはしませんよ。見てるだけです」

苦い顔の鬼嶽の横で、角炎が蹲《うずくま》って床を叩《たた》きながら震えている。必死に笑いをこらえているようだったが、全然こらえ切れていない。そんな補佐官を鬼嶽は踵《かかと》で蹴《け》った。

「私に見られるのは嫌ですか？」

「……こんなものどうして見たいんだ？」

聞き返されて春燐は驚いた。どうせ拒まれるだろうと思ってした質問だったので、聞き返されるとは思わなかったのだ。

「……あなたが強い人だってことを記憶できる……から……？」

春燐は自分に問うように答えた。鬼嶽はしばし黙考し――

「そんなに見たければ勝手にしろ」

「え！　見てもいいんですか？」

「ああ、好きにしろ」

春燐は呆気《あっけ》に取られて口をぽかんと開けてしまった。それに負けず劣らず驚いているのは角炎だった。

「本気ですか？　正気ですか？　大丈夫ですか？」

矢継ぎ早に問うている。

「ただの礼だ」

そう言って、鬼嶽は着ているものを脱ぎ捨てた。

筋肉のついた逞《たくま》しく上背のある体があらわになり、春燐は両手で口を押さえ、胸中できゃあああああああ！　と歓喜の悲鳴を上げた。

彼の着替えは早くて、あっという間に簡素な墨色の部屋着になってしまう。春燐が真っ赤になって凝視しているのを見て、鬼嶽は呆《あき》れたように鼻を鳴らした。

「これで満足か？」

「好きです……あ、脱いだものをもらってもいいですか？」

「調子に乗るな」

鬼嶽は春燐に近づいてくると、目の前で乱暴に扉を閉めた。

春燐は小躍りしながら後宮に戻り、自分の部屋でごろごろと転げまわった。

「今日は最高の一日でした……」

呟《つぶや》き、勢いよく起き上がる。

紙と筆と絵具を床に並べて、鼻歌を歌いながら紙に筆を滑らせた。


「何が可笑《おか》しい」

鬼嶽は蹲って笑い続けている角炎の背中を踏んづけた。

「いや、あんな姫君は他にいませんよ！」

角炎は起き上がりながら断言する。

「子供の頃から乱暴で傲慢《ごうまん》で人を虫けら程度にしか見ていなかった鬼嶽様が、まさかこんな風に振り回される日が来るなんて……俺は嬉《うれ》しくて泣きそうですよ」

「笑っているようにしか見えないがな」

「泣き笑いです。本当に春燐様をお迎えしてよかった」

まだ笑っている角炎に、鬼嶽は怖い目を向ける。

「言っておくが、私はお前が勝手に妃を決めたことをまだ許していないぞ」

「おや、じゃあ俺を罰しますか？　結構結構、好きなだけ罰してくださいよ。その代わり、春燐様と子を作ってください」

「……何の冗談だ？」

思わず脅すような声が出る。自分でも不気味だと思える低い声だったが、しかし角炎は引かなかった。

「俺は本気ですよ。あなたは人を好きになってもいいし、子供を作ったっていいし、ちゃんと幸せになっていい」

妙に据わった眼で彼は言う。

「俺が妻を愛して幸せになったように、あなただって幸せになっていいんですよ」

「お前は私が子を作ることがどういうことか分かって言っているのか？」

鋭く睨みつける。自分のこの目が相手にどれほどの恐怖を与えるかは知っている。角炎は一瞬身震いしながらも、やはり全く引こうとしなかった。

「そんなこと、俺がこの世で一番知ってるに決まってるでしょうが。その俺がいいと言ってるんですよ！」

噛《か》みつくように怒鳴る。鬼嶽を怒鳴るような人間は、この世に彼くらいだろう。

「痴話喧嘩《ちわげんか》中すみません、ちょっとご相談が……」

いきなり割って入ってきたのは春燐の筆頭女官である碧藍だった。

二人は同時に驚き、ついで怪訝《けげん》に眉《まゆ》をひそめる。

「何だ？」

「寝所の支度を整えようとしましたら、春燐様が……ちょっと……」

ためらいがちに言われ、二人は同時に顔を見合わせた。


後宮に足を運び、夜墨殿《やぼくでん》の彼女の部屋を訪れる。

鬼嶽が部屋に入ると、床に座っていた春燐は顔を上げて、鬼嶽を認めるなりひゃっと悲鳴を上げた。彼女は真っ赤になり、床に散らばっている紙を慌ててかき集める。

「み、見ないでください」

必死に隠そうとするが、どうやってもそれは目に入ってしまった。鬼嶽の姿が描かれている。彼女が自分の手で描いたのだろう。仕事中の姿や、着替えている最中の姿……彼女が自分の目で見た姿が描かれているのだ。

「久しぶりで、あまり上手く描けなかったんです。恥ずかしいから見ないで……」

春燐は恥ずかしそうに顔を伏せて呟く。

「……勝手に入って悪かった」

鬼嶽はそう言うと、彼女の部屋から出た。

部屋の外では角炎と碧藍が心配そうに待っていた。

「あの……どう思われました？」

碧藍が躊躇《ためら》いがちに聞いてくる。鬼嶽はたった今見た光景を思い返した。彼女が描いた、鬼嶽の絵を……その全てを思い出し……

「……怖っ」

思わず呟いて口元を押さえる。春燐は溢《あふ》れる想いのままに鬼嶽の絵を描いていた。一枚や二枚ではない。たぶん、百枚を優に超えるほどの絵が、床一面に広がっていたのだ。あまりにも狂気じみている。

「おい、角炎」

「は、はい」

「お前はどういう女を私の妃《きさき》に選んでくれたんだ」

鬼嶽は生まれてこの方、怖いなどという感情を誰かに抱いたことはない。人間相手に怖いなんて、感じる必要がなかったからだ。怖い……なんて言葉、初めて使った。

「おい……どうやらあれは、本気で私に惚《ほ》れてるらしい」

生まれて初めて向けられたその感情に、鬼嶽は確かに恐怖した。

昨夜はとんでもない失態を演じてしまった。

春燐は深く反省した。まさかあんな出来の悪い絵を見られるとは思わなかったのだ。

春燐は両手に徹夜で描き上げた絵を握りしめ、鬼嶽の住まう静狼殿に向かった。

「おはようございます、鬼嶽様。好きです」

勢いよく部屋に入ると、彼は昨日よりも悪い目つきでそこにいた。

「お顔の色が悪いですけど、どうかなさいましたか？」

春燐は心配になって尋ねたが、鬼嶽は答えず春燐の手元を見た。

「あ、徹夜で描き直したんです。どうか昨日の絵は忘れてください。代わりにこれを受け取っていただけますか？」

春燐は抱えた絵の束を差し出した。そう、束――である。

鬼嶽はそれを受け取り、酷《ひど》い渋面でめくりながら絵を確認する。

「とても良く描けたと思います。これなら鬼嶽様にも喜んでいただけると思って」

「……どうして全部裸なんだ？」

「あ、それは……そのお姿が一番素敵だったので……」

春燐はぽっと朱に染めた頬を手で押さえた。今日もやっぱり彼は素敵だ。人を呪い殺すようなこの渋面……見ているだけで胸が高鳴る。うっとりしている春燐を、鬼嶽はくまのある悪い目つきで睨《にら》む。

「一晩きみのことを考えていた」

言われ、春燐は度肝を抜かれた。

「私のことを考えてくださったのですか？」

びっくりしすぎて間抜けな顔になってしまう。

「ああ、きみのことを考えた。私は人に恋情を抱かれたことがないから、私を好きだと言うきみのことが理解できなかった。だから……真剣に考えた」

「そ、それで……どう思われたのですか？」

心臓が割れるほどドキドキしている。恐る恐る聞くと、鬼獄は小さく嘆息した。

「きみは――変態だ」

「…………はい？」

春燐は一瞬何を言われたのか分からず、ぽかんとした。

「一晩考えて結論を出した。きみは変態だ」

彼はきっぱりと断言した。

春燐はその意味を頭に染み込ませると、あまりの言葉に憤慨した。

「私は変態じゃありません！」

自分が変な人だということは知っている。この世の誰も好きになれないなんておかしなことだ。だけど今の春燐は彼を好きになったし、その感情は純粋な乙女の初恋のそれであって、そこに性的倒錯など微塵《みじん》もない。彼がそんな自分の気持ちをちっとも分かってくれていないことに腹が立った。

「私を好きだという人間など変態の極致に決まっている。それは絶対的な事実だ」

鬼嶽は春燐の腹立ちなど歯牙《しが》にもかけず、なおも断言する。

「それで？　きみは私を好きなんだろう？　違うのか？」

挑発するように選択を迫る。春燐はうぐっと言葉に詰まる。

「……ずるいです」

「ずるくはない、ただの質問だ。きみは私を、好きか？　嫌いか？」

自分が絶対負ける論法にからめとられたことがはっきりと分かる。こんな質問、答えは一つしかない。ぎりぎりと悔しげに歯噛《はが》みし——

「…………死ぬほど好き」

「ほら見ろ、きみは変態だ」

鬼嶽はふんと鼻で笑った。あまりの悔しさに春燐はぷるぷると震える。

「……いじわる」

「一晩悩んだ甲斐《かい》があった。君はただの変態だ」

「くっ……もう少し……きつめに罵《のの》っていただいても……？」

腹立ちの中にほんのり灯《とも》る快感に、思わず零《こぼ》してしまう。鬼嶽は頰を引きつらせた。

「……本当にきみは大した変態だ。この私に恐怖を感じさせる人間など他にいないだろうよ」

第三章 漆黒の鬼

春燐《しゅんりん》が鬼嶽《きがく》に嫁いでから、瞬く間に半月が過ぎた。

「お妃様、今日も精が出ますな」

鬼嶽の政務室の前に陣取った春燐に、いつもの見慣れた老官吏が話しかけてくる。

嫁いでからというもの、春燐はいつも鬼嶽に付きまとい、仕事中はずっと政務室の扉の陰から中を見つめているのだ。それはすでに王宮中の人々の知るところとなっており、みな驚きと感心を込めて春燐の動向を見守っているのである。

「陛下にお取り次ぎしましょうか？」

「いいえ、お気遣いなく」

春燐は丁重に断った。老官吏は孫でも見るかのように目じりを下げて頷《うなず》いた。

「娘の小さかった頃を思い出します。娘もこんなふうに私の後をついて歩いたもので」

「あら、私はそんなに幼く見えますか？」

春燐は自分の顔を押さえて聞き返す。子供になぞらえられた経験は今までになかったので、少し驚いていた。老官吏は軽く手を上げて、否定を示すかのように小さく振った。

「いえいえ、もちろんお妃様はお美しい女人でいらっしゃいます」

などという彼の言葉は、無論春燐の耳にお世辞以外の何物にも聞こえない。

「あの厳しい陛下がお妃様のこのような行動をお許しになるということは、それはそれはお妃様をお気に召したということなのでしょう」

老官吏がそう言葉を重ねてきたので、春燐は呆気《あっけ》に取られて首を振った。

「まさか、鬼嶽様が私のような女を気に入るなんてありえません」

あんな素敵な人が、こんな醜悪な女を気に入る……？　ないない。

「お妃様は謙虚な方でいらっしゃいますなあ」

老官吏は嬉《うれ》しそうに笑い、政務室へと入っていった。

春燐がそっと中を覗《のぞ》くと、机についている鬼嶽に老官吏が何か報告している様子だ。そこに補佐官の角炎《かくえん》が加わり、三人の話し合いは熱を帯びていくように見える。少しだけでも会話が聞けないものだろうかと、春燐は耳をそばだてた。そうして身じろぎもせず中の様子をうかがっていると——

「春燐姫でいらっしゃいますわね」

高圧的な声に名を呼ばれ、振り返ると見覚えのある女が立っている。

「あなたは……紗祥《さしよう》様と一緒にいた女官？」

女は春燐が嫁いできた日、花嫁を出迎えて歓迎してくれた王太后紗祥の供をしていた大勢の女官の一人だった。春燐が自分を覚えているとは思わなかったのだろう、女官は一瞬瞠目《どうもく》し、しかしすぐに微笑んでみせた。

「優香《ゆうきょう》と申します。王太后様がお呼びですわ。香薬殿《かやくでん》へおいでくださいませ」

「え？　私を……ですか？　どうして？」

唐突な呼び出しに困惑して確認するが、女官は嘲笑《ちょうしょう》に似た微笑みを張り付けたまま優雅に礼をする。

「それにお答えする必要はありません。王太后様は後宮の主《あるじ》でいらっしゃるのですから、王太后様がお呼びであればどなた様にも拒む権利はございません」

王妃に対するものとして女官の放った言葉はあまりに無礼であったが、春燐に他人の無礼を咎《とが》めるという考えはなかった。

「そうですか、分かりました」

春燐はそう応じると名残惜しげにもう一度だけ政務室の中を覗き、女官の導きに従って歩き出した。

香薬殿に足を踏み入れるのは初めてのことだった。あちこちで香を焚《た》いているのだろう、廊下にまで甘い香りが漂っている。香を焚きしめられている衣の気分になりながら、春燐は香薬殿の一室に通された。

煌《きら》びやかな調度品のしつらえられた豪奢《ごうしゃ》な部屋だった。その最奥に細かな柄の織り込まれた敷物が敷かれていて、王太后紗祥が座っていた。床でくつろぐ貴人というのは珍しく、栄国《えいこく》では見たことがなかった。

梔子色《くちなし》の衣を纏《まと》う彼女は、以前見た時と同じく己を煌びやかに飾り立てている。周りに侍《はべ》る女官たちも色とりどりの華やかな装いで、彼女の装身具の一部であるかのようだ。

「お座りなさいな」

紗祥は扇で自分の目の前を指した。春燐は言われるまま彼女の前に座す。

「こんにちは、紗祥様」

いったい何の用事だろうかと訝《いぶか》る春燐に、紗祥は優雅な笑みを浮かべた。

「久しぶりですわね、春燐姫。あなたがこの後宮に入って半月経ちますけれど……何故わたくしを無視するような振る舞いをなさるのかしら？」

紗祥は扇を自分の手のひらに打ち付けながら居丈高に問うてきた。

「無視……ですか？　すみません、心当たりがないのですが」

彼女の発言はまったくもって春燐には身に覚えのない話だ。そもそも婚礼の日以来会ってもいないのだから、無視する機会などあろうはずがない。

「わたくしはこの後宮の主です。折々に挨拶《あいさつ》に来るのは当然のことでしょう？」

「そうなのですか？　それは失礼しました」

春燐は急いで頭を下げた。栄国の後宮で誰とも関わらず暮らしていた春燐は、礼儀というものを正式に学んだことがなかった。

「今後もなにかと無作法があるかもしれませんが、寛大な心でお見逃しください。何しろ今の私は重大な使命があって毎日忙しいのです」

鬼獄に付きまとってその姿を覗き見るという何より重大な使命だ。しかし紗祥の顔は見る見るうちに怒りで紅潮し、眦《まなじり》が鋭く吊《つ》り上がる。

「あなた、わたくしを愚弄《ぐろう》するおつもり？　わたくしはあなたのためを思って指導しているのですよ。あなたがこの王宮に相応《ふさわ》しい王妃となるよう躾《しつ》ける義務がわたくしにはあるのですから。それを軽んじるなんて……わたくしを敵に回したいのですか？」

彼女は烈火のごとく怒り始めた。また不調法があったかと春燐は慌てた。

「すみません、敵に回したいとは思っていません」

すぐさま弁明し、更に続ける。

「それに、味方にしたいとも思っていません」

流れるように吐き出された言葉に、紗祥は絶句した。春燐は更に続ける。

「私はあなたに、私にとっての何になってほしいとも思っていませんし、何をしてほしいとも思っていません。あなたに興味がないと、最初に会ったとき申し上げました。私はあなたに何も求めてはいませんよ。だからあなたも私に求めない方がいいです。求めたところであなたが得るものは何もありませんよ」

嫌っている春燐をわざわざ呼び出して指導してくれようというのだ。きっとこの人は責任感が強く心優しく、気遣いができて思いやりがある人なのだろう。

しかし残念ながら、自分はこの世で最も薄情で空虚で醜悪な人間で……彼女の望むような何かになることは絶対にないし、彼女が春燐に近づいて得るものなど何もないどころか害悪だけだ。心優しいこの女人を、春燐のような汚物が汚してはいけない。

真正面から目が合った瞬間、紗祥は何故かぞっとしたように青ざめた。最初に見せていた居丈高な雰囲気はなりをひそめ、慄《おの》いているようにすら見えた。しかし彼女はぎりぎりと歯嚙《はが》みし、再び春燐をきつく睨《にら》みつけた。

「なんという礼儀知らずな小娘でしょう……禍鬼《まがつき》にでも喰《く》われてしまえばいいのに」

唸《うな》るように言われ、春燐はその名前に意識を向けた。

「禍鬼ですか？　昔この王宮に出たと聞きました」

老官吏に聞いた話を口にする。もはやこの国の諺《ことわざ》みたいなものなのかもしれない。

「……ええ、本当にあった出来事です。何人もの人間が喰い殺されたのですわ。襲われたのはきっとあなたのように軽率で礼儀を弁《わきま》えない人間だったのでしょうね」

紗祥が脅すように言ったその時――

「母上様ー！　ここにいらしたのですね」

甲高い声が響き、部屋の入り口から幼い子供が駆け込んできた。

五歳くらいの男の子だ。明るく活発そうな雰囲気で、勢いよく走ってくる。顔立ちは可愛らしく上等な服を着ているはずだが、全身泥だらけで台無しになっていた。

「まあ……福龍《ふくりゅう》、そのような姿で……」

走ってきた少年を紗祥が受け止め、困ったように眉根《まゆね》を寄せて微笑んだ。険のあった紗祥の顔がみるみる優しくなる。

春燐が首をかしげてその見知らぬ少年を眺めていると、福龍と呼ばれたその少年は目を吊り上げて春燐を睨んだ。

「だれだお前は」

偉そうに問われ、春燐は丁寧に礼をした。

「私は春燐と申します、鬼嶽様の妻です。そういうあなたはどなたですか？」

「ぼくの名は福龍、次の王になるものだ」

少年――福龍は自分の胸を叩《たた》きながら自信満々に名乗った。その名には覚えがある。先王の息子の名だ。

「そうですか」

他に感想がなく、相槌《あいづち》を打っておく。すると紗祥が福龍を抱きしめながら言った。

「ところで春燐姫、鬼嶽様とは……どうですの？」

声の中に、突如さっきまでなかった甘さが加わった。春燐はその名の響きに胸が高鳴り、ついついにやけた。

「どう……とは？」

「関係は良好でいらっしゃるのかしら？　あなたが鬼嶽様に付きまとっていると噂に聞きましたけれど？」

「え？　ええ、毎日覗き見しています」

ぽっと頬を染める。本当は今だって、陰から鬼嶽のことを見つめていたいのだ。できれば寝ているところも入浴しているところも、厠《かわや》だって覗き見したい。これは恋する乙女の純粋な想いであって、断じて変態ではないはずだ。

「鬼嶽様は付きまとわれてずいぶん迷惑そうなご様子ですわ。少し控えたらいかが？」

「え！　鬼嶽様がそうおっしゃったのですか？」

「わたくしは鬼嶽様のお気持ちを誰より理解しているつもりですわ」

妙な圧を掛けられ、春燐は押し黙った。妙に甘やかな口調が気になる。

「……紗祥様は鬼嶽様と親しいのですか？」

「鬼嶽様はいつもわたくしと福龍を気にかけてくださいますもの」

紗祥は悠然と答えた。春燐の表情はどんどん曇ってゆく。それを見て、紗祥は閉じた扇を手のひらに打ち付けた。

「鬼嶽様は、わたくしの息子である福龍に自分の跡を継がせたいと前々からおっしゃっています。自分の息子のように思ってくださっているのです。あなたが入り込む余地などありませんの。わたくしが伝えたいことはそれ一つです」

その言葉に、春燐はふと疑念を抱いた。

「……あなたも鬼嶽様がお好きなのですか？」

思わず聞いてしまうと、紗祥の艶《つや》っぽい唇が弧を描いた。

「まあ……とんでもない。わたくしは先王陛下の妃《きさき》ですわ」

ただ――と、彼女は先を続けた。

「鬼嶽様がわたくしをどう思っていらっしゃるかは存じませんけれど」

春燐はその答えに目を見張る。

「それは……鬼嶽様があなたを……好きだということですか？」

「わたくしの口からは申せませんわ。ただ、鬼嶽様がわたくしと福龍を大切にしてくださるお方だということは確かです」

おほほほほと、彼女は高らかに笑った。

春燐はあまりの衝撃に放心した。鬼嶽が彼女を好き……？　彼女は綺麗《きれい》で思いやりがあって気遣いのできる優しい女性で、春燐とは比べ物にならない。こんなの最初から勝負はついている。鬼嶽が彼女を好きだというなら、自分に勝ち目なんて一つもない！

真っ青になってしまった春燐を見て、紗祥は満足そうに鼻を鳴らした。

「これで用事は終わりましたわ。お帰りなさいな」

冷たく言い、追い払うように扇を動かす。春燐はふらふらと立ち上がり、幽鬼のような足取りで彼女の部屋を後にした。

頼りなく歩いていると、廊下の曲がり角の向こうで女官が話しているのが聞こえた。

「紗祥様は春燐姫を呼び出してどうなさったのかしらね」

「手酷《ひど》くなさったんじゃない？　ずいぶん嫌っていた様子だもの」

「どうしてあんなに嫌うのかしら？」

「そりゃあ福龍殿下のためでしょうよ」

「まあそうね、だけど陛下は福龍殿下を跡継ぎにすると公言していらっしゃるわよ」

「そうよね、紗祥様の天下は安泰でしょうね」

「そもそも……どうして陛下は福龍殿下を跡継ぎになさるおつもりなのかしら？」

「ああ、あなた知らないの？　福龍殿下は鬼嶽陛下の実の御子《みこ》だって噂よ」

春燐は立ち尽くしてその会話を聞いていた。ひとしきり話し終えると女官たちはどこかへ行ってしまう。

春燐はようやく歩き出し、香葯殿を後にして夜墨殿《やぼくでん》の自分の部屋に戻った。自分の足が自分のものではないかのような不確かさで、ばたんと床に倒れてしまう。

そのままぼんやり倒れ続けていると、いつしか辺りは暗くなっていた。

「春燐様、陛下のことでも考えていらっしゃるのですか？」

部屋に明かりを灯《とも》しながら、女官の碧藍《へきらん》が聞いてきた。そこで春燐はようやく自我を取り戻し、顔を上げてあたりを見回した。碧藍はほっとしたように表情を緩めた。

「ああ、やっと現実に戻ってきてくださいましたね、春燐様。声をかけても全然反応してくださらないし、お食事もしてくださらないし……私もいいかげん春燐様の奇行には慣れましたけれど、さすがに心配しましたわ」

言いながら、碧藍は春燐を起こそうと腕に手をかけた。

「鬼嶽様は……？」

小さく零《こぼ》した春燐に、碧藍はふふっと笑った。

「もうご自分のお部屋にお戻りだと思いますよ。残念ですけれど、今夜もお渡りはないと思いますわ」

それを聞き、春燐はしばし黙考して勢いよく立ち上がった。

「……鬼嶽様のお部屋に行ってきます」

「えっ！　今からですか？」

「はい」

春燐は拳《こぶし》をぐっと決意の形に固めて頷《うなず》いた。やっぱりちゃんと確かめよう。昼間香葯殿で聞いた話の真偽を――鬼嶽の紗祥への想いを――確かめないで明日《あした》も今までと変わらず彼に付きまとうことはできない。

碧藍は何を考えたのか、ほんのりと頬を染める。

「ええ、いいと思いますわ。がんばってくださいませ、春燐様」

彼女も両の拳を持ち上げて、応援するようにきつく固める。

「行ってきます」

そう言うと、春燐は一つ深呼吸して部屋を出た。もうすっかり夜になっていて、出歩く人はほとんどいない。この半月の間に王宮の人々は春燐が鬼嶽に付きまとってあちこち動き回ることに慣れきってしまっていたから、時折すれ違う人たちも別段驚くことはなく、春燐が後宮から一人で出て行くことを黙認するのだった。

国王の住まいである静狼殿《せいろうでん》に足を踏み入れたところで、仕事終わりらしいいつもの老官吏と鉢合わせした。彼は春燐の行く先を察すると、歓喜に顔を輝かせて拳を握り、がんばってくださいと励ましてきた。

いくつもの激励を受けた春燐は、鬼嶽の部屋の前にたどり着いた。部屋の前を守っていた衛士は思いつめた春燐を見ると驚いて目を見張ったが、これまた何か察した様子で力強く頷いた。恭しく道を開け春燐を王の部屋へ通す。

春燐は久しぶりに鬼嶽の部屋へと足を踏み入れた。中は薄暗く人の姿はない。鬼嶽はもう寝てしまったのだろうかと部屋の奥に目を向けると、寝所に繋《つな》がる扉が見える。

扉は薄く開いていて、人が通った証《あかし》のように思えた。春燐は足音を立てることなく寝所に近づき、開いた扉から中を覗《のぞ》いた。

寝所の薄明りの中、目の当たりにした光景に春燐は息をのんだ。

鬼嶽がいた。一人ではなかった。寝台に腰かける鬼嶽の隣に座っているのは、彼の忠実な補佐官である角炎だった。

角炎は袖《そで》をまくり、鬼嶽の前に腕を突き出している。筋が浮いていて力を込めているのが見て取れる。そして鬼嶽は角炎の腕の内側——皮膚の薄い場所に牙《きば》を立てていた。

鬼嶽の目は血に水銀を垂らしたかのように赤く爛々《らんらん》と輝き、人のそれではないような妖《あや》しい光を宿していた。尖《とが》った牙も、鋭い爪も、何もかもが人のそれではありえない。人ではないその男は、角炎の腕に牙を立てて、そこから流れる血をすすっていた。

「もう婚礼から半月ですよ。春燐様にいつまで隠しておくつもりですか？」

角炎が見慣れない真剣な顔で問いかけた。

「彼女に打ち明けろとでも？」

鬼嶽はわずかに目を上げ、赤く染まった唇で聞き返す。

「こんなこと、隠しおおせることじゃないですよ」

「……知られたら始末するしかない」

鬼嶽がひときわ強く牙を立てると、角炎はほんの少し顔をしかめた。

「お前はいつも勝手をしすぎる。まさかばらそうなどと考えてないだろうな」

鬼嶽は牙を立てたまま咎《とが》めるように言った。

「……手荒にするの……やめてくださいよ。傷が残ると妻が悲しむ」

「つまらないことを言った罰だ。私が信用するのはお前だけだと分かっているだろ？」

「相変わらず自分勝手なことばっかり……」

そこで茫然《ぼうぜん》とその光景に見入っていた春燐は、うっかり力が抜けてよろめき扉にぶつかってしまう。その音に二人の男は同時に振り向き、扉から覗く春燐の姿を目の当たりにして仰天した。

「春燐様……!?」

角炎は青ざめ、とっさに血濡《ぬ》れた腕を後ろに隠した。春燐はその場に立ち尽くしたまま、何か言わなければと頭を働かせた。

「鬼嶽様、私……」

春燐が言いかけたその時――鬼嶽は目にもとまらぬ速さで距離を詰め、春燐の襟首をつかんで寝所に引きずり込み無理やり床に引き倒した。痛いほどに押さえつけられ背中にのしかかる重さを感じ、春燐は自分が今何をされているのか分からず呻《うめ》いた。

「どうして勝手に入ってきた。きみを始末しなければならないだろ」

冷ややかな鬼嶽の声が降ってくる。

「鬼嶽様！　ダメですよ、やめてください！　春燐様を放して！」

慌てた角炎が鬼嶽の腕を引っ張るが、びくともしない。

「仕方がないだろ、見られた。事故にでも見せかけよう」

「ダメだっつってんでしょ!!」

男たちは春燐の上で言い争っている。春燐は自分が今何をされようとしているのかようやく理解して、押さえ込まれたまま顔を横に向けると目だけで鬼嶽を見上げた。

鬼のような彼の顔がそこにあった。

「……私を殺すのですか？」

「ああ、勝手に入ってきたきみが悪い」

「そうですか……あなたに殺されるなんて……素敵。それが私の死ぬ理由なんですね」

苦しい息の中で呟《つぶや》くと、押さえ込む鬼嶽の力が少し緩んだ。傍らで止めようとしていた角炎は啞然《あぜん》として動きを止め、春燐を助けることを忘れた様子だ。

「鬼嶽様……あなたは人間じゃないんですか？」

ふと、思いついたように聞いてみた。血をすする鬼の伝説を思い出していた。

「あなたは鬼ですか？」

「……だったら何だ？」

「好きです」

春燐は即答した。考えもせずに答えたが、考えたとしても同じ答えしか出てこなかっただろう。まさしく鬼のような鬼嶽の顔が怪訝《けげん》に歪《ゆが》んだ。

「……きみは死にたいのか？」

問いかけてくる声にさっきまでの冷たい響きはなかった。春燐は慌てて首を振ろうとしたが、それができるほどの自由は与えられておらず不格好に顔を動かしただけだった。

「死にたいなんて思ったことはないです」

「私は今、きみを殺そうとしている。どうしてそれを恐れない？」

問われて春燐は困った。どうしてと聞かれても……

「別に怖くないので……」

「……私が今何をしていたか見たな？」

「角炎殿の血をすすっていらした」

「それが何を意味するか分からないのか？」

鬼嶽の声にかすかな苛立《いらだ》ちがこもった。春燐は一考し、頭に思い浮かべた怪物の名を口にした。

「あなたは……禍鬼……？」

その名を知らない者はいないだろう。幼い子供は皆その話を聞いて恐れおののき育つという。人の血をすすり、不死の肉体に様々な悪《あ》しき力を秘めた伝説の怪物——禍鬼。昔、この王宮にも現れて大勢の人を襲い、喰《く》い殺したと聞いた。

「鬼嶽様は禍鬼なのですか？」

「……ああ」

「人の血をすすって……怪力で人を八つ裂きにして……どんな傷でもたちどころに治り……誰にも殺すことができない……不死の化物？」

「ああ、俺がそうだ」

淡々としたその肯定に春燐は震えた。

「怖いか？」

鬼嶽は緩めた手にまた力を込めて聞いてきた。春燐は苦しい中で少し考え、答える。

「あなたのことがどうして好きなのか……今やっと分かりました。あなたが不死の化物だから……だからあなたを好きになったの。私を殺したら……どうか血も肉も骨も一つ残らず全部食べてくださいね」

捧《ささ》げるように告げて、とうとう笑ってしまう。それを見た鬼嶽は深々と息を吐いて春燐を解放した。

「きみはたいした変態だ」

立ち上がり、蹲《うずくま》る春燐を冷ややかに見下ろす。押さえつけられた苦しさから解放されて、春燐は少しばかりがっかりした。

「あの……もう少しきつく容赦なく思い切り締めあげてくださっても……」

「少し黙れ」

うんざりするように言い捨てると、鬼嶽は春燐の前にしゃがんで少しの間思案した。

「……今夜のことを忘れると誓うなら生かしてやる」

その声は奇妙に反響して春燐の中に入ってきた。彼の赤く輝く瞳《ひとみ》が春燐を射る。頭の中がぼんやりするような不思議な感覚が起こる。

「誓え」

ひときわ強く声が響いたその瞬間、春燐ははっと思い出して体を起こした。

「あっ！　そんなことより！」

「……そんなこと……だと？」

鬼嶽は自分の命令が軽々と放り投げられたことに動揺を見せた。

「私、鬼嶽様に聞きたいことがあって来たんです」

「……何だ？」

少しばかり身を引き、気がすすまない様子ながら彼は聞き返してきた。

「福龍殿下は、鬼嶽様の息子なのですか？」

「……なんだと？」

声が一段低くなり、脅すような響きが込められてぞくりとする。

「鬼嶽様は、紗祥様のことがお好きなのですか？」

重ねて聞くと、鬼嶽はこれ以上ないという苦い顔になった。春燐は思わずうっとりと魅入りかけ、そんな場合ではないと首を振って煩悩を断ち切った。

「今日、紗祥様の部屋に招かれました。その帰りに……鬼嶽様と紗祥様が通じていたという噂を聞いたんです」

昼間聞いた紗祥の話を、春燐はもちろん一言一句違《たが》わず覚えている。そして女官たちの噂話も同様に――

「……きみは今、私と私の兄を侮辱した。それを理解しているか？」

仄暗《ほのぐら》い怒りを込めて言われ、春燐の顔はぱっと輝いた。

「え！　では、紗祥様のことをお好きではない？」

「好きとも嫌いともどうとも思っていない」

「でも、福龍殿下を跡継ぎにするとおっしゃったのでは？」

すると鬼嶽の表情から怒りが削がれた。

「それは事実だ」

「え、どうしてですか？　やっぱり紗祥様がお好きなのでは？」

また不安になって聞くと、鬼嶽は春燐の顎《あご》を乱暴につかみ、柔らかいほっぺたを潰《つぶ》すように力を込めた。

「好き、では、ない」

言い聞かせるように言われるが、春燐はまだ疑っていた。

「じゃあ……」

「私の母は禍鬼だった」

春燐の言葉を遮って鬼嶽は言い、手を放した。

「遠い田舎の地にいた母を、行幸中の父が見初めてこの王宮へ連れてきた。分かるか？

この血は遺伝するということだ。私の血を引く子供は私と同じ化物に生まれる。幾度人間と交わっても、その血が薄まることはない」

「え、素敵」

思わずぽろりとこぼしてしまう。鬼嶽は何とも困ったような顔になった。

「私が鬼嶽様の子を産んだら、その子は禍鬼になるのですか？　絶対に死なない鬼の子……私、産んでもいいですか？」

きらきらと目を輝かせて身を乗り出すと、鬼嶽はその分後ろに下がった。

「駄目だ。この王宮に鬼の血は残さない。私で終わりだ。私の子を産む女はいらない」

「……そうですか」

春燐はしょんぼりと肩を落とした。この素敵な化物の子供はどれだけ可愛いだろう。

なんとか房事に持ち込めないものかと妄想するが、未熟な春燐の知識には限界がある。

ここは師である碧藍に知恵を借りて……そう考えながら何気なく寝所の端に目をやった。

そこには絶対邪魔をすまいと、息を殺して壁と同化している角炎が立っている。腕の血はとっくに止まっているようで、赤い跡を残すばかりだ。

「鬼嶽様は血を飲まないと生きられないのですか？」

「……まあ、そうだな」

「いつも角炎殿の血を吸っていらっしゃるのですか？」

「乳母の息子で生まれた時から一緒にいたからな」

春燐の中で、めらめらと嫉妬《しっと》の炎が燃え上がる。目下、彼が一番の恋敵ということだ。

「じゃあ、私の血でもいいのでは？」

「何？」

鬼嶽は怪訝《けげん》な顔をした。

「乳兄弟というだけの理由なら、別に誰でもいいのでは？　私でもいいのでは？　私の肌を牙《きば》で裂いてこの血を乱暴にすすってくださってもいいのでは!?」

春燐が袖《そで》をたくし上げて白い二の腕をさらしながら詰め寄ると、鬼嶽は心底嫌そうな顔をしてまた距離をとった。

「確かに私は近づきたくもないほど醜悪な女かもしれませんが、血をするための肉袋程度の利用価値はあるのでは？」

春燐は更に詰め寄る。鬼嶽は立ち上がって春燐から離れた。薄気味悪い汚物を見るような目で見られるが、自分の存在はまさにその程度のものであろうから、特に悲しいとも何とも思わない。それどころかぞくぞくと興奮にも似た快感が湧き上がる。

「どうでしょう？」

春燐が床に跪《ひざまず》いたまま真摯《しんし》に問いかけると、鬼嶽は黙り込んでしまった。静まり返った寝所で声を発したのは、ずっと存在を殺していた角炎だった。

「鬼嶽様……実はこのごろ血を吸われるのが酷《ひど》く苦痛で、代わりに別の方の血をすってはいただけないかと思っていたのです」

悲痛な顔を作って彼は言った。途端、鬼嶽の眦《まなじり》が獰猛《どうもう》に吊《つ》り上がった。

「そのくだらない嘘を今すぐやめるなら許してやる」

「……すみません」

角炎はちっと舌打ちする。相変わらずどう見ても臣下の態度ではない。

「ですが鬼嶽様、春燐様がここまでおっしゃるんです。きっと春燐様はあなたの秘密をばらしたりはしませんよ。ねえ？」

最後の一言を向けられて、春燐は大きく頷《うなず》いた。

「はい、秘密を守れとおっしゃるなら拷問されても言いませんし、死ねとおっしゃるなら死にますよ？」

当たり前のように断言すると、鬼嶽は呆《あき》れたような顔をした。

「私は人の生き血をすする化物で、きみを指一本で殺すこともできる怪物だ。それでもきみは私を怖くないというんだな」

それは問いかけというより確認だった。春燐は小さく首をかしげる。そういえば、初めて会ったとき彼は謀反人を頭から一刀両断にしていた。人間の腕力で易々《やすやす》とできることではないだろう。あれが禍鬼の力……女一人瞬きする間に殺してしまえるに違いない。

「怖いというのはよく分かりません。化物なんてちっとも怖くないでしょう？　だって死なないもの。死なない化物なら、私が愛してもいいでしょう？」

その言葉に、鬼嶽は深々とため息を吐いた。

「なるほど、よく分かった」

「分かっていただけましたか？」

「きみが真性の変態だということが改めてよく分かった」

言われ、春燐はムッとふくれる。やっぱり彼は春燐の想いを分かってくれない。事実無根の決めつけには異義を唱えたい。

「変態じゃありませんってば」

「またこの問答か？　懲りないな。きみは私を好きなんだろう？」

ふんと鼻で笑われ、春燐はふくれっ面のまま頷いた。

「……死ぬほど好きですよ」

「ほら見ろ、変態め」

鬼嶽は嫌味っぽく嘲笑《あざわら》った。本気で腹が立ち、春燐は彼を睨《にら》み上げる。

「どうしてそういう意地悪を言うんですか」

「嫌なら私を嫌いだと言って逃げてみせろ。できないんだろう？」

うぐぐと春燐は唸《うな》った。この問答になったら春燐に勝ち目はない。最初にしてからというもの、春燐はこの問答でしばしばやりこめられているのだった。

「どう考えたってきみは変態に決まっている。今の私を見て、それでも好きだというような女は変態じゃなければ人外の化物だろ。きみは化物ではないから変態だ」

言い切る彼の口元には血の跡がある。これを、世の人々は怖いと言うのだろうか？

「……変態だと認めたら、私の血を吸ってくれます？」

「嫌に決まってるだろ」

即座に返され、春燐はまたふくれた。

「触りたくもないくらい私が醜悪だからでしょ？」

すると鬼嶽は怪訝《けげん》に眉《まゆ》をひそめ、少し考えて春燐の顎をまたつかんだ。指先でぐにぐにと頬をこね回すようにつぶし、ぽいと放り投げるように手を放す。

「別に触りたくないということはない。だが、血はいらない」

そう言うと、彼は春燐の襟首を捕まえて引きずるように寝所の外へ連れ出した。

「二度と勝手に入るな」

そう言いおいて、彼はぴしゃりと寝所の戸を閉めてしまった。

放り出された春燐はしばらく痛みの残る頬を押さえて立ち尽くしていたが、思わずにまっと笑ってしまう。そのまま飛び跳ねるように歩き出し、後宮へと帰っていった。

「……あれは何なんだ」

春燐のいなくなった寝所で鬼嶽は呟《つぶや》いた。

「春燐様がどうして変態なのかって話ですか？」

退室しようとしていた角炎が聞き返す。

「違う。彼女には私の力が効かなかった」

「え？　あなたの目の力が⁉」

角炎はぎょっとして声を上げた。

「ああ、私の命令をろくに聞いていなかった。私はあれを操れなかった」

禍鬼の有する人外の力――それが春燐には効かなかったのだ。誓えと命じた鬼嶽の言葉を、春燐はあっさりと退けた。その事実に背筋が冷える。

角炎も表情を珍しく厳しく引き締めて考え込んだ。

「まさか……春燐様の正体は鬼の術に耐性のある道士……なんてことは……」

道士は鬼を祓《はら》う存在だ。鬼嶽が実際道士に狙われたりしたことはないが……

「いやいや、一国の姫が道士だなんてあるわけがないですよね」

「ああ、そういうのじゃないだろうな。禍鬼は恐怖を刺激して人を操るものだ。私は彼女を殺すと脅して、充分恐怖心を煽《あお》ったつもりだった。だが――彼女は本気で私を恐れていないらしい」

その説明に角炎は瞠目《どうもく》した。鬼嶽を恐れない者が実在するという事実に——

「だからあなたの力が効かなかった……？」

「そうらしいな」

鬼嶽はどすんと寝台に腰を下ろした。

いつもなら血をすすれば満足感があるが、この夜は酷い倦怠《けんたい》感があった。あの異質で、変態で、鬼嶽を本気で恐れず好きだという妻の存在が、奇妙な存在感と恐ろしさをもって頭の中を占めていた。

「……どうして彼女は自分を醜悪だと思い込んでいるんだろうな」

ふと口をついて出た。春燐は口癖のように自分を醜いと言う。謙遜《けんそん》でも嫌味でも冗談でもなく本気でそう言っていると感じる。

「急に何です？　春燐様がそんなに気になりますか？」

角炎の声がわずかに弾んだ。

「ただ、おかしなことを言うと思っただけだ」

鬼嶽は人間の美醜を判別するのは不得手だが、それでも彼女が整った容貌《ようぼう》の女だということは分かる。だのに何故、彼女は自分を醜悪だと信じ込んでいるのか……直接聞いたところで、醜いからだと言われて終わるだけだろう。彼女は本気でそう思っているのだから。

死なない相手なら好きになってもいいと、さっき彼女は言った。その言葉が絡みつくように思い出された。死と醜悪——何の関係もないこの二つの言葉に、何故か関わりがあるような気がしてならない。

しばらく考えていると腹が立ってきた。どうして自分があんな変態のために頭を煩わせねばならないのかと思うと、馬鹿馬鹿しくなった。

「まあどうでもいいことだ」

どうせ大した理由ではあるまい……自分にそう言い聞かせ、話を終えた。

第四章　緋色の悪夢

それから三日後の深夜——春燐《しゅんりん》は奇妙な物音で目を覚ました。

獣の唸り声のような音だ。気になって寝台から出ると、窓を開けて外を見てみた。暗く冷たい冬の庭園には誰もおらず、おかしなものは何もない。しばらく闇夜に目を凝らし、春燐は夜気に身震いしてもう一度寝台に戻った。

鬼嶽《きがく》が夜這《よば》いに来てくれないだろうか……もしかしたらあの音は、人の生き血を求める鬼嶽の唸り声かもしれない……

そんなことを考えているうち、春燐はまた夢の世界に落ちていた。

翌日も、春燐は朝から鬼嶽のいる政務室の前に陣取った。どうにか血をすってもらえないものだろうか……中を覗《のぞ》きながら悶々《もんもん》と考える。

鬼嶽が禍鬼《まがつき》であると知ってから三日が経っていたが、あれから一切鬼嶽は春燐にその話をしないし、春燐も約束通りそのことを口には出さなかった。それでも彼の口元を見るたび、そこに潜む牙《きば》が自分の肌を貫くさまを想像してしまう。邪《よこしま》な妄想にふけりながら、春燐は夫を眺めているのだった。

「春燐様、ちょっと通してもらっても？」

声をかけられ振り向くと、書物を抱えた角炎《かくえん》が政務室に入ろうとしているところだった。春燐は三日前の晩を思い出し、思わずじっとりと彼を睨んでしまう。

「ひえっ……私は何かお気に触ることをしましたかね」

慄《おのの》くように聞かれ、春燐は自分の心の狭さを諌《いさ》めるようにふるふると首を振った。

「いえ、ついつい思い出してしまっただけなんです。角炎殿が鬼嶽様の寝台の上で乱れていらっしゃった夜のことを……」

春燐は約束通り、鬼嶽が角炎の血をすすっていたことを隠して迂遠《うえん》に言った。それを聞いた通りすがりの官吏たちが、ぎょっとして角炎を凝視する。

「おおう……ちょっと勘弁してもらっていいですかね」

角炎は引きつり気味の笑顔でぼやいた。こんなに気を使って話しているのに何が気に入らないのかと、春燐はいささか憤慨した。

「私は負けませんからね。鬼嶽様がいかにあなたの体を求めようとも妻は私なのですから、鬼嶽様に求めていただけるよう精進するまでです」

新たに通りすがった官吏が手に持っていた荷物を落とした。

「……マジ勘弁してください」

角炎はもはや笑みを失って呻《うめ》いた。

「そういえば角炎殿、昨夜おかしな音を聞きませんでしたか？」

春燐はふと思い出して聞いてみた。

「え、傷心の私を放置して急に何の話ですか？　おかしな音？　私は昨夜自宅に帰っていますから分かりませんが……」

「そうですか……獣の唸《うな》り声のような音が何度も聞こえてきたのですが……あれはいったい何だったのでしょう？」

頰に手を当てて首を捻《ひね》る。女官たちに聞いても覚えはないと言っていたから、春燐の勘違いかもしれない。そう思っていると、廊下の向こうから荒い足音が聞こえてきた。

「角炎様！　今すぐ陛下にお取り次ぎください！」

真っ青な顔で駆けてきた鬼嶽の筆頭女官の朱翠《しゅすい》が叫んだ。

「どうしたんです？」

角炎はたちまち真剣な表情になった。

「……後宮の女官が頓死《とんし》しました。獣に襲われたような嚙《か》み傷が全身にあると……」

朱翠は声をひそめて角炎に耳打ちする。角炎は険しい顔になり、考えを巡らせるように視線を動かした。

「野犬でも入り込んだんですか？」

「分かりませんわ。亡くなったのは紗祥《さしょう》様の女官です。紗祥様はたいそうご立腹で、後宮の警護をしている者全員の首を刎《は》ねると騒いでいらっしゃいますわ」

「相変わらず迷惑な……とにかく陛下にお伝えしてこよう」

そう言い、角炎は政務室へと入っていった。

「春燐様、危ないですから夜墨殿《やぼくでん》へお戻りくださいませ。部屋にこもっていた方がよろしいですわ。危険な獣がいるかもしれないのですから」

朱翠が心配そうに春燐の肩を押した。

「そうですね、戻ります」

春燐は素直に答え、後宮へと戻ることにした。

後宮に着いた春燐は、しかし自分の部屋がある夜墨殿には向かわなかった。人の騒ぎ声がする方——王太后の住まう香葯殿《かやくでん》へと足を踏み入れたのである。

香葯殿の端にある一室の前に、人だかりができていた。春燐がその人垣を割って進むと、狭い物置部屋の中に一人の女が横たわっているのが見える。

「お妃様《きさき》……!?　どうしてこんなところにいらっしゃるのですか？」

見覚えのある紗袢の女官たちが、胡乱《うろん》なものを見る目で春燐を睨《にら》んだ。

「気になったので……彼女は死んでいるのですか？」

春燐は無感情に問うた。

「……見れば分かりますでしょ」

言われ、春燐は部屋の中を凝視する。倒れた女は全身血まみれで、その赤の中に点々と傷口が見えた。嚙み傷のような穴がいたるところに開いている。恐怖に彩られたその死相はどこかで見たことがあるように思えた。少し考え思い出す。ずいぶんと人相が変わっているが、これは以前春燐を紗祥の部屋に呼び出しに来た優喬《ゆうきょう》という名の女官だ。

春燐は部屋に足を踏み入れ、倒れた女の傍にしゃがみこんだ。興味深げにまじまじとその死に顔を観察する。手を触れて、硬さと冷たさを感じ、確かに死んでいると認める。深く穿《うが》たれた傷口を、指先でなぞる。指や袖《そで》が血に汚れてゆく。

その行為に、部屋の外から見ている者たちが小さく悲鳴を上げる。集まっているのは女官ばかりで、誰一人死体に近づこうとはしなかった。

「確かに死んでいますね。やっぱり人間は死にますね」

春燐は体中の傷口に触れながら淡々と呟《つぶや》いた。女官たちはぞっとしたように言葉を失った。

「あなたはいったいどうして死んだのですか？」

春燐は死体に顔を近づけて、心からの疑問を投げかけた。むろん答えはない。それでも春燐はただじっと、死体を見つめ続けた。

誰も春燐に声をかけることができずにいた。そうして長いこと見つめていると——

「春燐様!?　ここで何をしてらっしゃるんですか？」

呼ばれて振り返れば、部下らしき人たちを連れた角炎が驚きの表情で立っていた。春燐がいるとは思わなかったのだろう、角炎は血で汚れた春燐に愕然《がくぜん》とする。

「死体があるというので見にきたんです」

「な、何のために……」

「何のため……？　この人が何故死んだか知りたいから……でしょうか。どんな残酷な殺され方をしたのか……どんな悪意があったのか……それを知りたかったのです」

落ち着いた春燐の声を聞き、集まった女官たちは蒼白《そうはく》になって凍り付いた。

角炎だけが嫌悪の表情を見せることなく、春燐を優しく立たせた。

「この件は私が任されました。春燐様はどうかお部屋にお戻りください」

「……そうですね、何か分かったら教えてくださいい」

彼の仕事の邪魔をするのは気の毒だ。春燐は素直に応じ、血色の足跡を残しながらその場を立ち去ろうとする。その時――

「禍鬼よ……禍鬼がまた現れたのよ……！」

年かさの女官が震える声で叫んだ。


夜墨殿に戻った春燐は血に汚れた服を着替えると、椅子に座ってぼんやりとさっきの光景を思い返していた。どれだけ時間が経ったか――

「春燐様！　陛下がお渡りですよ！」

女官の驚きの声に呼ばれ、春燐は慌てて顔を上げた。一瞬、何かの間違いではと疑う。しかし部屋に入ってきた人物は紛れもなく、春燐の夫の鬼獄だった。彼がこの部屋を訪ねてくるのは初夜のあの時以来だった。

ふと見てみれば辺りは暗くなってもうすっかり夜だった。

「鬼嶽様！　いったいどうなさったのですか？」

春燐は驚きと焦りにどぎまぎしながら立ち上がり、鬼嶽に駆け寄った。鬼嶽はいつになく難しい顔で、春燐の姿を上から下まで眺めた。

「香葯殿の女官が死んだ」

「はい、知っています」

「きみの様子がおかしかったと角炎から聞いた。まあ、きみがおかしいのはいつものことだが……何をしに行った？」

「別におかしなことはしていませんよ。ただ死体を見に行っただけです」

春燐は険しい顔の鬼嶽を見上げ――

「禍鬼の仕業だと言ってる人がいました。鬼嶽様が殺したのですか？」

探るように聞いてみた。確かにあの深く酷《ひど》い噛み傷は、獣というよりまるで鬼に噛まれたような痕《あと》に思えた。全身に牙《きば》を突き立て血をすすった痕のように。あれを見た瞬間思い出したのは鬼嶽の牙だった。

「私が殺したと思うか？」

鬼嶽は腕組みして聞いてきた。言葉の端にわずかな不快がにじむ。

「いえ、分からないので聞きました」

「……私がやったと言ったらどうする？」

問われ、春燐はそのさまを頭に思い描いた。鬼嶽の牙があの女官を切り裂く姿を――

「私の血は吸ってくださらないのに、他の女人の血を吸ったのですか？　嫁いで半月で浮気だなんて……不埒《ふらち》が過ぎるのでは？」

不吉な気配を漂わせる春燐を見下ろし、鬼嶽は呆《あき》れたように息を吐いた。

「誰が不埒だ。私じゃない」

「え、違うのですか？」

「違う」

「そうなんですか、よかった」

ほっと胸をなでおろす春燐に、鬼嶽はまた呆れた目を向ける。

「きみはあんな風に殺されたいのか？」

問われ、春燐はぽっと頬を染めた。

「鬼嶽様の牙があんな風に全身を？　そんな……恥ずかしいです。でも、鬼嶽様がお望みならいくらでも……」

「ちょっと黙れ」

鬼嶽は春燐の顎《あご》をつかんで頬を潰《つぶ》した。

「禍鬼が血を吸ってもああはならない。普通ならな」

「そうなんですか？　だけど血を吸えば傷がつくでしょう？」

春燐は驚いて聞き返した。禍鬼である彼は剛力の持ち主で、血をすする鋭い牙を持っている。女一人ずたずたに切り裂くくらい簡単に思えた。

「禍鬼の牙は血を吸うとき相手の傷を塞《ふさ》ぐことができる。痛みもそう感じさせない」

その説明に春燐は目をまん丸くした。

「そうなんですか!?　それってまるで……蚊みたい？」

「誰が蚊だ」

鬼嶽はひときわ強く春燐の頬を潰し、捨てるように解放する。春燐は名残惜しげにその指先を目でたどる。鬼嶽の戯《たわむ》れの力は強くて、春燐の頬はおそらく彼が想像するより痛んでいたが、春燐はそれよりもっと強い痛みが欲しいような気持ちがしていた。春燐の目線は彼の指先から腕をたどり、喉元《のどもと》を伝って唇の奥に据えられた。

「あの、牙に……触ってみてもいいですか？」

唐突に聞かれた鬼嶽は、怪訝《けげん》な顔で春燐を見下ろした。

「今はただの人間の歯と同じだ」

彼は唇を歪《ゆが》めて開き、その下にある歯を見せた。以前見たとき角炎の皮膚を貫いたはずの牙は、人より少し鋭いだけの犬歯になっている。

「触っちゃダメですか？」

「……別に駄目ということはないが」

曖昧《あいまい》な許可を受け、春燐は手を伸ばした。唇の隙間から犬歯の先に指を触れると、その歯は鋭く尖《とが》って長くなり、牙の形になった。

「わ……伸びた」

　ドキドキしながらその牙を指でなぞる。

「鬼嶽様、本当の本当にあの女官を殺してないですか？」

　しつこくもう一度確認すると、鬼嶽は白けたような目で春燐を見下ろす。

「疑うのか？　私は人を喰らい殺す恐ろしい鬼だと思うか？」

「だって……こんなに綺麗《きれい》な牙なら、誰だって切り刻まれたいと思うでしょう？」

　鋭く滑らかな牙に幾度も指を這《は》わせる。これは魅惑的な凶器だ。魅了された者は襲われても逃げられないに違いない。跪《ひざまず》いてその首を差し出すことだろう。

「そんなことを考える変態はきみだけだ」

　鬼嶽は軽く春燐の指先を噛《か》んだ。それはほとんど力のこもらないもので、春燐の指先には傷一つつかなかった。少しばかり残念な気持ちで春燐は彼の鋭い牙を覗《のぞ》き込む。

「噛み千切ってくだされればよかったのに」

「……きみの血は吸わないぞ」

　彼は酷い渋面になって春燐の手を押しのけた。なんて素敵で凶悪な顔なのだろうと、見るたびに思う。

「意地悪ですね、鬼嶽様は。本当の本当に犯人じゃないんですか？　鬼嶽様が犯人じゃなければ、女官は誰に殺されたのでしょう？」

「そんなことはきみが気にする必要はない。角炎が責任をもって犯人を見つけるだろう。

余計なことは考えずにもう寝ろ」

　そう言われ、春燐はとっさに鬼嶽の袖《そで》をつかんだ。

「もうお休みですか？　夜は長いですよ。せっかく来てくださったのですから、今夜はここでお休みになっては……？」

「断る」

　鬼嶽は冷たく突っぱね、春燐の手を振り払う。

「いけませんか？」

「子を作るつもりはないと言ったはずだ」

　そっけなく言われ、春燐は目をしばたたいた。

「え、いえ、そういうつもりじゃなくて……いつもあまりお話しできないから、夜更かしして色々お話しできたらと……思っただけだったのですけど」

　春燐が躊躇《ためら》いがちに言うと、鬼嶽は見たこともないちょっと変な顔になった。

「でも、鬼嶽様がお望みならもちろんどうぞ」

　と、春燐はすぐさま受け入れ態勢をとるように手を広げる。

「お望みのまま好きなだけ嬲《なぶ》ってくださいませ。さあどうぞ」

「……誰が望むか」

　と、鬼嶽は春燐の手を乱暴にはたいた。

「もういい、用は済んだ」

ぶっきらぼうに言い、部屋を出て行こうとする。結局、用事とはいったい何だったのだろうかと春燐は改めて首を捻《ひね》った。

「鬼嶽様……もしかして私のこと心配して来てくださったのですか？」

「うるさい、黙れ」

冷たく叱られ、春燐は瞬間的に抱きつきたくなった。あるいは抱きついて思い切り蹴《け》飛《と》ばされたいような気分だ。うずうずとそれを堪《こら》え、そこで不意に思い出す。

「あ、そういえば……昨夜、おかしな音が聞こえたんです」

「音？」

「獣の唸《うな》り声のような音です。鬼嶽様は気が付きませんでしたか？」

「……いや、知らないな」

「そうですか……」

鬼嶽の暮らす静狼殿《せいろうでん》とここは距離があるし、そもそも気のせいだったのかもしれない。風の音を聞き違えたということもある。

「もう戻る」

鬼嶽はそう言ってあっさり部屋を出て行った。

春燐はしばらく彼の出て行った扉を眺め、指先に残る硬く鋭い牙の感触を何度も何度も思い出していた。

その日の深夜、春燐はまたしても奇妙な物音で目を覚ました。

低く腹に響く獣の唸《うな》り声……昨日聞こえたものより低い。春燐はそっと寝台から出ると、窓を開けた。暗闇の中には白い息が溶けるばかりで、それらしきものは見えない。音は上から聞こえるような気がして、春燐は窓から体を大きく乗り出し、首を曲げて上を見上げた。そして、そこにあったものに凍り付く。

黒い……牛や馬ほどもある大きな黒い獣が、屋根の上からこちらを見下ろしている。姿形は狼に似ているが、それよりはるかに大きく凶暴な気配を纏《まと》わせている。およそ普通の動物とは思えぬ化物だ。

死神……と、ふとそんな言葉が頭に浮かんだ。その黒い獣はまさしく死の化身であるように思われた。輪郭は夜と同化して不鮮明だが、闇を穿《うが》つ鋭い牙《きば》と寒気を震わす唸り声が、その獣の存在を明確に浮かび上がらせていた。

「あなた……女官殺しの犯人ですか？」

春燐は茫然《ぼうぜん》と獣を見上げ、問いかけていた。自分の全身が寒さ以外で震えているのを感じる。得体の知れぬその死の化身に、春燐は心を奪われ魅入っていた。

獣は巨大な口を大きく開いた。覗いていた牙があらわになり、月光を受けて白刃のごとく煌《きら》めいた。ほんの一噛みで、春燐の首などもぎ取ってしまうに違いない。その刃《やいば》に近づいてみたいという思いに駆られ、春燐は窓から外に出ようとした。しかし獣は悠然と身をひるがえし、姿を消してしまう。

「あ、待って……」

後には夜だけが残されて、春燐はその中にただ一人立ち尽くすしかなかった。

ずいぶん長いことそうしていた。ずっと見上げていたが、獣が戻ってくることはなかった。春燐は諦《あきら》めて寝台に戻り、布団にくるまってもう一度眠ろうとする。目を閉じれば黒い獣がありありと浮かんだ。

あれが……女官を殺したのか……それはいったいどうしてだろう？　何の理由があって殺したのだろう？　あの獣は……いったい何なのだろう？

理由を知りたい……正体を知りたい……何が女官に死をもたらしたのか、春燐は知りたくてたまらなかった。仇《かたき》を取りたいとか後宮を守りたいとか、そんな考えはかけらもない。ただ、知りたいのだ。彼女に訪れた残虐な死の因果を――

それが酷《ひど》く残酷な欲望であることを春燐は自覚している。自分は退屈で空虚で醜悪で……この世の誰より残酷な人間に違いない。

寝台の中でそんなことを考えながら寝返りを打っていると、次第に眠気がやってきて春燐はとろとろと溶けるようにまどろみいつしか眠りに落ちていた。

深く深く落ちてゆき……そして……夢を見た。

それはいつもの夢だった。今までに数えきれないほど見た夢だった。いつもと同じその夢に、春燐はいつもと同じように飛び起きた。

悲鳴を上げそうになって必死に口元を押さえる。辺りは真夜中でまだ暗い。全身ががくがくと震えていて、体中の血管に氷を流し込まれたような気がした。あまりの苦しさに息が止まりそうで、寝台の上に座り込んだまま暗闇の中でずっと身を縮めていた。

空が白んでくると、木窓の隙間からうっすら光が入ってきた。ようやく辺りが見えてきて、春燐は冷えた体で寝台から出た。寝所を出て、いつも居室に用意されている紙と筆を引きずり出す。それを床に並べ、震える手で筆をとった。

「禍鬼が出た——と、後宮では大変な噂になっています」

いつも通り政務をこなしていた鬼嶽は、補佐官である角炎の言葉に顔を上げた。

「調査はお前に任せると言ったはずだ」

鬼嶽は再び机に目を落としながら言った。

「他ならぬ紗祥様が、犯人は禍鬼だと大騒ぎなんです。ってのある道士を王宮に呼ぶと喚《わめ》いてました」

なんて迷惑なとでも言いたげに、角炎は嘆息した。

「道士を呼ぶなんてとんでもないですよ。一番凶悪な禍鬼がここにいるってのに……」

またため息をつき鬼嶽を見る。

「確かに面倒だ。道士を始末するとなると、死体を処分する必要があるからな」

「嫌なこと言わないでくださいよ」

渋い顔で唸り、角炎はふと真剣な顔になった。

「実のところどう思いますか？　これは……本当に禍鬼の仕業だと思いますか？」

「それは私を疑っているのか？」

鬼嶽が軽口をたたくと、彼は憤慨したように眉《まゆ》を寄せた。

「私があなたを疑うわけないでしょうが。そうじゃなく……この王宮には、昔禍鬼が二人いたでしょう？　あのお方では……ないと思いますか？」

「ありえない。あれはもう追い払った」

「……まあ、そうですね。あのお方が犯人だったら……人間の手には負えない」

角炎はそう言いながら難しい顔で考え込み、ふと気が付いたように入り口を見た。

「そういえば、今日は春燐様がいませんね」

言われる前から鬼嶽もとっくに気づいていたが、いつもなら政務室の扉の向こうからこっそりねっとり執拗《しつよう》に中をうかがっている春燐が、この日は何故か姿を見せない。

「あれだけ毎日陛下に付きまとって、足の先から頭のてっぺんまで嘗《な》め回すように見つめていた春燐様が、いったいどうしたんでしょう？」

いささか悪意のある物言いで角炎は不思議がる。鬼嶽は昨日のことを思い出し――

「昨日彼女は死体を見た。それで具合が悪くなった……とは考えにくいな」

途中で意見を変えた。彼女が死体を見た程度で具合が悪くなるなど考えられない。死体に触っていたと角炎から聞いて気になって部屋を訪ねてはみたが、平然としたものだった。そもそもあれは鬼嶽を恐れない女なのだ。この世に怖いものなど何一つないという顔をして、こちらに付きまとう変態だ。そんな女が死体一つで？　ありえない。

「確かに、あの春燐様が死体に怯《おび》えるとは思えませんけど……」

角炎も同意見のようであった。嫁いで間もない花嫁の評価としては、ずいぶんと規格外のものかもしれない。

「腹でも壊したんだろう」

鬼嶽は適当に言い、考えることをやめた。そもそも彼女が自分の想像の範疇《はんちゅう》に収まるとは思えなかったから、考えるだけ無駄だ。

「とにかく女官の件はお前に任せる」

「しかし、本当に鬼だったらどうしますか？　道士を呼ぶわけにはいかないですよ」

「それもお前に任せる。相手が鬼で手に負えなければ私がやろう」

そう言ったところで政務室の扉が開き、春燐の筆頭女官である碧藍《へきらん》が入ってきた。酷く思いつめた顔をして、彼女は鬼嶽に近づいてきた。

「お忙しいところ申し訳ありません。少しよろしいでしょうか？」

「どうした？　彼女が腹でも壊したか？」

鬼嶽は考えることをやめた途端答えを投げつけられそうになった気がして、いささか馬鹿げた気持ちで聞いた。

「腹？　何のことですか？　そうではなく……春燐様が……少しおかしくて……」

「あれがまともだった時が一度でもあるか？」

鬼嶽は思わず言い返していた。碧藍は己の深刻さを軽んじられたことに少しばかり腹を立てた様子で眉間《みけん》にしわを刻んだ。

「春燐様は今朝からずっと絵を描いていらっしゃるのです」

「いつものことだ」

何ら驚くに値しない。絵を描くのは彼女の趣味で、日課のようなものだ。だから今日は来なかったのかと、肩透かしを食った気分になる。

「いえ、それが……普通の絵ではなくて……」

「そもそもあれが普通の絵を描いたことはないだろ」

鬼嶽は渋面でまた言い返した。春燐が描く絵の大半は鬼嶽の姿である。普通の絵だとは断じて言いたくない。

「いつもの絵ではないんです。とにかく……直接見てください」

「今は忙しい」

即答すると、碧藍は困ったように表情を引きつらせた。

「ではいつなら⁉」

「夜になったら行く」

「……早めにお願いします」

落胆したようにそう言うと、碧藍は踵《きびす》を返して出て行った。

「いいんですか？」

角炎が咎《とが》めるように聞いてきた。

「どういう意味だ？」

「本当は気になってるでしょう？」

覗《のぞ》き込むように聞かれ、鬼獄はじろりと睨《にら》み返す。角炎はぶるっと震えて降参するように軽く両手を上げた。

「私はいい縁談を持ってきたと思ってるんですがね。私はあなたがどういう生き物だか、この世の誰より知ってます。あなたは人間に興味なんか持たない人だ。そんなあなたが、春燐様のことを気にしている。無視しようともしない」

「あんないかれた女を無視するほうが難しいだろ」

鬼獄は自分が人間ではない自覚がある。人間とは異なる感覚で生きている自覚がある。だが、どんな生き物にとってもあの女を無視するのは難しいに違いない。あそこまで付きまとわれて無視できる者がいるのなら、お目にかかってみたいものだ。

「そう、そこが春燐様のすごいところなんですよ」

「いかれたところの間違いだ」

即座に訂正するが、角炎は取り合わなかった。

「気になってるなら様子を見に行ってください。あなたの目が届かない場所で、春燐様が何をしているか分かったもんじゃないですからね」

言葉に挑発するような響きがこもる。角炎の物言いは鬼嶽に対しても春燐に対しても無礼であったが、鬼嶽は別段腹を立てたりはしなかった。昔から彼のこういう態度を咎《とが》めたことはない。そもそも大勢の前で角炎がこういう物言いをすることはないし、自分の前でかしこまった態度をとられるのは気に食わない。

「気になってるんですよね？」

もう一度聞かれ、鬼嶽はため息まじりに立ち上がった。

「あの女がおかしなことをしていると聞いて平気でいられる方がどうかしてる」

諦《あきら》めたように認め、政務室から出て行った。

供の者は誰もついてこなかった。護衛官すらいない。彼らはみな鬼嶽が怪物じみて強いことを知っているし、ぞろぞろとついてこられることを嫌うと知っている。誰も鬼嶽の機嫌を損ねたくはないのだ。

一人で後宮へ行くと、王妃の居室がある夜墨殿に足を踏み入れる。つい昨日も訪れた春燐の部屋の前に立ち、その中にあるであろう異常をひとしきり想像してから扉を開いた。部屋の真ん中に春燐が座り込んでいて、傍らに心配そうな女官の姿があった。

「春燐様……もうおやめになってください。あっ！　鬼嶽様！」

不安そうに声をかけていた碧藍が、はっと鬼嶽に気づいて顔を上げた。

鬼嶽は呆然《ぼうぜん》と部屋の中を見やる。床一面に絵の描かれた紙が散らかっている。いったい何百枚あるのか……数える気にもならない。鬼嶽の足元で侵入を拒むように横たわっている絵を一枚手に取る。自然と眉間にしわが寄った。

「何だこれは……」

そこにはずたずたに切り刻まれた女の死体が描かれていた。ぐるりと見渡せば、どの絵にも同じく死体が描かれている。男、女、老人、子供……異なる死体がおびただしく床に散らばっているのだ。

「鬼嶽様……止めてくださいませ。明け方からずっとこうして座っていらして、水一滴口にしてくださいません。声をかけても全く答えてくださらないし、周りが見えていないみたい……どうか止めてください」

碧藍が必死に懇願する。

「……水か白湯《さゆ》を持ってきてくれ」

「はい、承知しました」

鬼嶽の命令に少しだけ安堵《あんど》の色を見せ、碧藍は急ぎ部屋から出て行った。

二人きりになっても、春燐は絵を描き続けている。近くにいるのに彼女が自分を見ないのは初めてだなと思う。彼女は鬼嶽に気づきもせず、一心に死体を量産し続けている。絵筆から赤い絵具が血のように散った。

「これはきみの趣味か？」

鬼嶽は腕組みして足元を見回しながら問いかけた。しかしそれでも春燐は気づかない。

少しだけ不快な気分になった。

「人の話を聞け」

少し強く命じる。彼女はそれでも気づかない。

「春燐！　こっちを向け！」

とうとう強く声を張った。その声は部屋の壁が震えるほど大きく、春燐は弾《はじ》かれたように顔を上げた。

「あ……鬼嶽様……？」

夢から覚めたようなぼんやりした目で、彼女は鬼嶽を見上げる。顔色が散らばる紙のように白く、消え入りそうなほど儚《はかな》く見える。

それは全くいつもの彼女ではなくて、そのことに腹が立つ。そして、いつも通りではない彼女に腹を立てた自分に腹が立った。これではまるで、自分がいつも通りの彼女を求めているみたいだ。

春燐はそんな鬼嶽の葛藤《かっとう》を知りもせず、また紙に筆を滑らせようとした。鬼嶽は腹立ちが限度を超え、床に散らばる絵を踏みつけて彼女に近づいた。目の前にしゃがみ、腕をつかんで無理やり絵を描くのをやめさせる。

「何をしてるのか説明しろ。みなが怖がっている」

低く脅すような声が出た。

「でも……描かないと……」

呟《つぶや》く彼女の瞳《ひとみ》は、ここではないどこかを見ているようだ。黒曜石のごとき彼女の瞳に鬼嶽は全く映っていない。

「邪魔しないで……」

春燐は鬼嶽の手を振り払おうとするが、彼女の力で鬼嶽を振り払えるわけはない。死体のような血の気のない顔で……泣きそうに唸《うな》りながら……春燐は必死に鬼嶽から逃れようと暴れている。それはあまりに必死で遠慮がなく、鬼嶽はこのままだと彼女が関節を痛めるのではないかと危ぶんだ。

「いいかげんにしろ！」

怒鳴り、鬼嶽は春燐がこれ以上動けないよう体を正面から拘束した。抱きしめた――という表現がふさわしいように思われたが、鬼嶽の中にそういった感覚はなかった。すると春燐は驚いたのか何なのか、ようやく動きを止めた。

「何をしているのか説明しろ」

「……夢を……見たので……絵を描いていました」

呟く彼女の言葉はその言葉通り現実感のないものだったが、やっと会話が通じたことに鬼嶽は安堵した。

「夢？　何の夢だ？」

「……分かりません。ただ、人が……たくさん出てきて……」

「死体が？」

問うと、彼女の体は鬼嶽の腕の中でびくりと震えた。

「子供の頃から……何度も見ているんです。だけど……すぐに忘れてしまう。私は見たものを忘れられないのに、あの夢だけはすぐに忘れてしまうんです。だけど私はあの人たちを知ってるはずなんです。知っているのに……どうしても思い出せない。だから描くんです。何度も描けば、あれが誰だか思い出せるかもしれないから……」

「……実際に昔見た光景ということか？」

知った人だと確信があるならそうなのだろう。しかし春燐は小さく首を振った。

「分かりません。思い出さなくちゃいけない気がするのに、何度描いても思い出せないんです。知らない場所で、知らない人たちが死んでいる……」

彼女はその目で見たものなら覚えている。だが、六歳以前の記憶はないと前に言っていた。だとしたら、その夢に出てくるのはもしかすると六歳以前の……

そもそも、彼女がそれを思い出したいというのは本心だろうか？　本当に思い出したいなら、忘れはしないはずだ。本心では、思い出したくないのではないか……？

鬼嶽の疑念をよそに、春燐は呟く。

「あの夢を見ると……人は死ぬのだなと思うんです。あんな風に必ず死ぬんです。だったら……好きになる意味はないいな……と」

腕の中で、彼女は顔を上げた。その瞳にいつものような輝きはなかった。鬼嶽を見る時に浮かべる、この世に一つの宝物を見つけたみたいなあの輝きはどこにもなかった。

「人を好きになる意味はあるのですか？　どうせ死ぬのに……あんな風に死ぬのに……何故好きになるんです？　どうせ死ぬのに……何の意味が……」

闇を吸い込んだような瞳で、春燐は言葉をこぼしてゆく。鬼嶽に問うているのではない。彼女は自分自身に問うている。やはり彼女の目に鬼嶽は映っていない。

感じたことのない類《たぐい》の怒りが湧き、鬼嶽は春燐を抱きしめる腕を放した。ふらりとよろけ俯《うつむ》きかけた彼女の顎《あご》を、乱暴につかんで上向かせる。

「きみは暇なのか？」

その問いに、春燐はぱちくりと瞬きした。

「……暇、な、わけでは……」

「昔……この国に詐欺師まがいの宗教家がいた。暇な人間は愛がどうとか生まれた意味がどうとか考える。自分はそういう虚《うつ》ろに付け込んで相手を落とすのだ――と、そいつは言っていた。私は人間の考えることなど知らないが、そいつの言葉が正しいならきみはたいそうな暇人だということになるな」

「……暇では……ないです」

無理やり上向かされた春燐の瞳に、生気を宿すかの如く燭台《しょくだい》の明かりが映った。

「そうか、暇ではないならきみのやるべきことは何だ？」

半ば答えが分かっていて――欲しい答えが決まっていて――投げつけた問いだった。

「……鬼嶽様を追いかけまわして……ずっと見つめていたい。それから……」

「それから？」

「……触ったりしたいです」

「また牙《きば》に触りたいか？」

鬼嶽は春燐の顎を放し、唇を歪《いびつ》に開いて昨日触らせた牙を見せる。彼女の瞳が煌《きら》めき、頬がほんのりと赤くなってくるのが分かった。

「牙だけじゃなくて……」

「他に触りたいところがあるか？」

「……ぜんぶ」

囁《ささや》くように告げて、春燐は鬼嶽の胸に手を這《は》わせた。服の上からなぞられ、知らない感触にいささか驚きながらも彼女のやりたいようにさせておく。

「怒らないのですか？」

「別に怒らない」

いまだ危うさを宿す春燐をこちらに引き留めるように、鬼嶽は応じた。

「世界中の人間が死に絶えても……あなただけは死なないですよね……？」

春燐は小さな声で確認しながら、鬼嶽の襟元を緩めて肌をあらわにさせた。彼女の指が肌に触れた。そのあまりの冷たさに、鬼嶽の体は意図せずびくりと震えた。感じたこともない快さと恐ろしさが湧き上がり、それでも手を振り払うことはしなかった。

「何をしようとしてる？」

聞くが、春燐は答えないまま血の通わない冷えた指先を鬼嶽の肌に這わせ、何かを確かめるようにそっと頬をつけてきた。いや、頬……ではない、耳だ。鬼嶽の胸に耳を当てている。

ややあって彼女は目を開け、ほうっと深く息を吐いた。熱のこもった吐息が肌をくすぐり、鬼嶽は何かぞわぞわとした奇妙な感覚に襲われた。

春燐は鬼嶽から離れ、まっすぐに見上げてきた。ようやく目が合ったという気持ちがして、鬼嶽は彼女が目を逸《そ》らせなくなるようまた顎をつかんだ。

「きみは私が好きなんだろ。だったら暇に任せてくだらないことを考えていないで、ちゃんと私を見ていろ。ずっと私を追いかけていろ。それがここできみがやるべきことだ。益体のない死体など見ていないで、私を見ていろ。私はきみが死ぬまで見ていても退屈しない怪物だぞ。そういう私をきみは好きなんだろ」

「あ……はい、好きです」

その言葉を引き出したことに満足感を覚え、手を放す。支えを失った春燐は体を傾がせ、鬼嶽の胸にぽすんと倒れこんできた。そしてそのままずるずると、すがりながら床に落ちそうになる。見れば、彼女は眠っていた。鬼嶽は落ちそうな彼女を抱えて、床に散らばる絵を見やる。

「はっ……きみは私が思っていたよりずっと……いかれていたな」

爽快《そうかい》な気分で目が覚めた。

春燐はきょろきょろ辺りを見回し、今がいつで自分が何をしていたのか思い出そうと努め——仰天した。

自室の長椅子で眠っていたのだ。そして何故か、春燐の下には鬼嶽がいた。鬼嶽と折り重なるようにして眠っていたのだ。

これは一体どういうことかと頭は大混乱になり、心臓は破裂しそうなほどバクバクと鳴り始める。顔が熱すぎてくらくらする。

そしてはっと気が付いた。辺りを見るが、部屋には他に誰もいない。目の前には無防備に目を閉じている鬼嶽の姿。これは……神が与えたもうた恵みの一時なのでは……？

ごくり……と唾《つば》を呑《の》む。鬼嶽が目を覚ます気配はない。春燐は身をかがめ彼の唇に顔を寄せる。

彼は子を作る気がなく、春燐と床を共にする気もないと宣言している。しかし、春燐はもう学んだのだ。接吻《せっぷん》で子はできない。そして春燐は彼の妻である。つまり、ここで夫の唇を奪っても非難される謂《いわ》れはない。理論武装は完璧《かんぺき》だ！

春燐は息を殺して顔を近づけ、どぎまぎしながら唇を重ねようとしたところで——

「何の真似だ」

がしっと顎をつかまれた。鬼嶽が鬼のような形相でこちらを見上げている。

「お、おはようございます」

下心を見られた春燐は、ぎくりとしながら笑って誤魔化した。

「あの、これはどういう状況なのでしょう？」

今更ながら春燐は聞いた。どうして自分たちは一緒に寝ていたのだろう？

「きみが意識を失った。私の服をつかんでいて離そうとしなかった。だから仮眠がてらここにいただけだ」

「え！　わざわざ一緒に寝てくださったのですか!?　鬼獄様の力なら、私の手なんて簡単に引きはがせたでしょうに」

春燐はキラキラと目を輝かせた。天にも上りそうな気分だったが、鬼獄は苦々しげな顔で春燐を押しのけた。春燐は滑るように鬼獄から降り、そのまま長椅子から落ちた。床に座り込み、起き上がる鬼獄を見上げる。下から見てもやっぱり彼は素敵だ。

「……いつものきみだな」

鬼獄は長椅子に座ったまま言った。うっとりしていた春燐は、一瞬どういうことかと意味を考え、すぐに頷《うなず》いた。

「私はいつも私ですよ。絵のことは……変なところを見せてしまってすみません。よくあることですから、どうぞ気にしないでください」

夢に出てきた人たちの姿は、いつも通りもう消えてしまった。いつもだったらもっと苦しい気持ちになるのだが、今日は不思議とそんな風にならない。鬼獄が傍にいてくれるからだろうか？　触れた肌の熱を思い出してしまい、頭の中がかーっと燃える。交わした会話がありありと蘇《よみがえ》ってくる。

「あの……もう一度名前で呼んでくださいませんか？」

「名前？……春燐？」

名を呼ばれた途端、心臓を矢で射貫《いぬ》かれたような痛みに襲われる。

「あの……呼びながら乱暴に踏みつけていただいても？」

頬を染めてお代わりをねだると、鬼嶽は酷《ひど》い渋面になった。

「調子に乗るな」

冷たく言い捨て、鬼嶽は立ち上がった。春燐は床に座したまますがるように彼を見上げる。このまま足蹴《あしげ》にしてもらえたら……そんな妄想に浸ってしまう。

「仕事に戻る」

そう言って部屋から出て行こうとする夫を見送りかけて、春燐はふと昨夜見た黒い獣のことを思い出した。一晩経ってしまうと、あれは夢だったのか現実だったのかよく分からない。春燐は見たものを忘れないが、寝ぼけていたからそれが全部夢だったのではないかという気がする。

「鬼嶽様、私はやっぱり彼女が死んだ理由を知りたいです」

思わずそう言って引き留めていた。鬼嶽はじろりと悪い目つきで振り返る。

「……殺された女官のことか？」

「はい、私は昨夜、犯人を見たかもしれません。もしかしたら夢だったのかも……。あれが何なのか、私は知りたい。どんな悪意が彼女を死に向かわせたのか、私は知りたい。人が死ぬ理由を知りたいのです」

春燐の説明を聞いた鬼嶽は、踵《きびす》を返して戻ってくると目の前にしゃがんだ。

「きみはやはり暇人か？　益体もない死体など見ていないで、私を見ていろと言っただろ。浮気するのか？」

怒った顔で問い詰められ、春燐は思わず破顔してしまう。

「鬼嶽様は優しいですね。私を心配してくれたのでしょう？　強い人は優しいんです」

すると鬼嶽は驚いたような呆《あき》れたような顔で黙ってしまった。

「だけど……やっぱり知りたいんです。昔からそうなんです。自分でもどうしてだか分からないけど、この世の全部の人が死ぬ理由を知りたくてたまらないの。人がどんな風に酷《むご》い死に方をしたのか……そこにどんな悪意があったのか……その全部を……」

こんなにも残酷な欲求に取りつかれている自分は、やはりまともじゃないのだろう。

「……やっぱりきみはいかれているな」

「ええ、私はこの世で一番残酷な人間なのだと思います」

春燐は認めたが、それを見る鬼嶽の目に嫌悪の色はなかった。ただ、じっと探るように春燐を見ている。彼の瞳《ひとみ》にさらされて、春燐は恥ずかしくなった。

「あの……罵倒《ばとう》してくださってもいいんですよ」

おずおずと言うと、鬼嶽は春燐の鼻を乱暴につまんだ。

「黙れ。つまりきみは私を見るよりやりたいことがあるということだろ。変態の上にとんだ浮気者だ。まあ仕方がないな、犯人を捕らえられたらきみにも教えよう」

「ありがとうごらいまふ！　私も犯人を捜しに行っていいれすか？」

目をキラキラさせ、鼻をつままれたまま身を乗り出す。あの獣が現実に存在するのなら、春燐はもう一度会いたい。あれが何なのか、何故殺したのか、知りたい。

「駄目だ、危ないことはするな」

「分かりました。危ないことはしません」

春燐は良い返事をする。

「事件のことは角炎に全部任せてある。いずれ犯人は見つかるはずだ」

鬼嶽は春燐の鼻を解放し、立ち上がって今度こそ部屋を出て行こうとする。

「鬼嶽様」

春燐はまた呼び止めた。鬼嶽は面倒くさそうに振り返る。

「あなたのことが死ぬほど好き」

すると鬼嶽は少し驚いたように目を見張り、ふんと笑った。

「浮気するくせによく言う」

第五章　真赤な約束

「女官を殺した犯人は見つかりましたか？」

翌日、春燐《しゅんりん》は政務室から出てきた補佐官の角炎《かくえん》を捕まえて聞いた。

王宮内はいつもより警備が厳しくなっていて、あちらこちらに衛士の姿がある。

「いえ、まだですが……どうして春燐様がそんなことを気になさるんですか？」

角炎は目の下に濃いくまを作って聞き返す。普段の職務に加えて殺人事件の解明などという面倒ごとを押し付けられた苦労がありありと見える。

「角炎殿が捜査を任されたと聞きました。犯人が女官を殺した理由を知りたいのです」

犯人を見たかもしれないということは言わずにおいた。あれが現実だったか夢だったか、春燐にはいまだに判断がついていない。

「春燐様、あまりそういうことを大っぴらに言っちゃいけません」

角炎は辺りに目を走らせて心配そうに言う。

「陛下の近くに仕《け》える王宮の官吏は、おおむね春燐様に好意的です。あの恐ろしい陛下を慕っている稀有《う》な姫君と、すっかり感心しているんです。せっかく上々の評判を、危うい事件にかかずらって悪くするのは損ですからね」

その忠告に春燐は目をしばたたいた。

「おかしなこと言いますね。私の評判が良いだなんて変な冗談。角炎殿はいつも軽口を叩《たた》いていらっしゃるけど、それはおふざけが過ぎますよ」

苦笑まじりに窘《たしな》めると、角炎は困ったように顔を歪《ゆが》めた。

「これっぽっちもふざけてないんですけどね」

「冗談はさておき、教えてください。犯人は見つかりそうなんですか？」

「……ここでは話しづらいので、ちょっと向こうで」

角炎はそう言って、近くの開いている部屋に春燐を誘導した。

「後宮では禍鬼《まがつき》の仕業だという噂が広がっています」

声を低め、真剣な顔で言う。

「でも、鬼嶽《きがく》様じゃないんですよね？」

「そりゃまあそうですよ」

「じゃあ、他の禍鬼ですか？」

春燐が想像して聞くと、角炎は顔をしかめる。

「ほら、前にもこの王宮には禍鬼が出現したのでしょう？」

「……そのお人ではない……と、願いたいですね。というか、実際禍鬼が犯人だったら、我々人間の手には負えませんよ」

彼は嫌なものを想像するみたいに、口元を押さえて横を向いてしまった。

「でも、道士というのがいるでしょう？　あれは鬼を祓《はら》う力があると聞きますよ」

春燐はぴっと人差し指を立ててみせた。栄国《えいこく》の王宮にも道士はいたし、妖《あや》しい出来事があると彼らが駆り出された。

春燐も一時期は魔に取りつかれたのではと疑われ、道士の詮議《せんぎ》を受けたことがある。結局は何も見つからず、解放されて終わったのだが……

「この王宮にお抱えの道士なんていませんよ。何しろ一番上が一番払われちゃ困る鬼ですからね。そもそも、あの人の縄張を荒らそうなんて鬼がいるのかどうか」

角炎は困ったように肩をすくめる。

「じゃあ、犯人は人間なのでしょうか？」

春燐は頬を押さえてを首を捻《ひね》った。あたかも鬼が現れたように人間が工作したということはあり得る気がした。だとしたら春燐が見た獣は、やはり夢だったということだ。

「私はそうだと思っていますよ」

「人ならどうして人を殺したのでしょうね？　そこに何があったら人は人を殺すのでしょうね？」

春燐の率直な問いかけは角炎をますます疲弊させたらしく、彼の顔色は悪くなる。

「……春燐様、お願いですからそういうことを他の人に聞かないでくださいね」

角炎は力なく忠告する。

「いけませんか？　すみません、気を付けますね」

祖国では春燐に近づきたがるような人はいなかったから、春燐は会話というものに実のところ極端に慣れていないのだ。その言葉が相手のどういう感情を喚起するのか想像するのは難しい。

「ところで、犯人が人なら捕まるとどうなりますか？」

「もちろん法に則《のっと》って処刑されるでしょうね。とても不名誉なことです」

「そうですか……処刑される前に聞かなくちゃいけませんね。どうして殺したのか」

犯人が捕らえられることにも処刑されることにも春燐はこだわらない。ただ、理由だけが知りたいのだ。

「本当におかしなことを知りたがりますね」

角炎は苦笑いで言った。

「人はいつか死ぬのですから今すぐ全員死に絶えたって私は特に驚きませんが、理由だけは知りたいです。犯人が見つからないと鬼獄様もお困りになるでしょうし」

「そうですね……え？　死に絶えてもって……いえ、何でもないです」

角炎は疲れたように遠い目をした。

「それに、犯人が禍鬼だという噂だって払拭《ふっしょく》したほうがいいのでは？」

自分の正体を隠している鬼獄にとって、鬼の噂は喜ばしいものではないはずだ。

「それはもちろんそうですよ。だから今、犯人は人間であるという仮定の下で調べている最中です。事件の目撃者がいれば早いんですが、今のところ目撃情報はないですね」

「そうなんですね……動機がありそうな人はいないのですか？」

それこそまさに春燐が最も知りたいことだ。

「それも今調べているところですよ」

「そこに同行しても？」

「ダメに決まってるじゃないですか！」

角炎はびっくりしたように手を突き出して物理的距離をとった。

「変な噂が立ったら困りますし、捜査の邪魔になります。何より危ないですよ。犯人の恨みを買うかもしれないし……春燐様にもしものことがあったらどうするんですか！」

叱られ、しかし春燐は首を傾げた。この人はおかしなことを言うなと不思議に思う。

「その時は死ぬだけですよ」

角炎は絶句した。

「でも、邪魔だというならやめておきます」

春燐は素直に諦《あきら》めた。疲れ切っている角炎をこれ以上疲れさせるのも気の毒だ。

「お願いですからそうしてください。無茶すると鬼嶽様に叱られますよ」

「え、鬼嶽様が私を叱ってくださる……？」

甘美な言葉にどぎまぎして頰を赤らめると、角炎は慄《おのの》いたように身を引いた。

「ですけど、鬼嶽様は危険なことをしなければいいとおっしゃいましたよ。ですからきっと、激しく罵《ののし》ったり嬲《なぶ》ったり罰を与えたりはしてくださらないと思います」

春燐は都合よく夫の言葉を解釈し、しょんぼりと肩を落とした。

「夫婦って難しいものですね」

「まあ鬼嶽様は禍鬼だってことを除いても難しいお人ですからね」

毎度血を吸われている角炎は渋い顔で言う。

「そうなんですか？　どうやったら夫婦仲を良好に保てるのでしょう？」

愛されることなんて望みはしないが、少しでも夫婦仲を良好に保てれば嬉《うれ》しい。つまり、罵られたり蔑《さげす》まれたり嬲られたり踏みつけられたりしたい。

「角炎殿は夫婦仲がいいんですか？　どうやって仲良くしているんです？」

彼の口から幾度か妻のことを聞いたことがあったので何気なく尋ねてみると、角炎は困ったように唸《うな》った。

「いや……私と妻は元々従兄妹《いとこ》同士で、子供の頃からよく知っていたので、仲がいいのが当たり前という感じですね」

「へえ……喧嘩《けんか》はしませんか？」

「それはありますよ。私が自宅で遅くまで仕事をしていたら、妻が後ろから目隠ししてきたり、くすぐったりとか……」

それは喧嘩なのか？　春燐は首を捻《ひね》りながら質問を続ける。

「妻を罵ったり虐《しいた》げたりは？」

「するわけないでしょ！　どこの鬼嶽様ですか！」

角炎は憤慨したように声を荒げた。

「いいですか、春燐様。夫婦間に大切なのは思いやりです。夫婦というのはもはやお互いがお互いの半身というか、一心同体というか、比翼連理というか、この世にただ一人の愛《いと》しい存在なんですよ。虐げるなんてありえません。そういえば、私が前に体調を崩したときなんか、妻は心配して寝ずに看病をしてくれたんです。ですから妻が体調を崩した時には私も同じように看病しようと思ってますが、そもそも世界一可愛い愛する妻はずっと元気でいてくれるのが……」

角炎は真剣な顔で語り始める。そしてその話は――半時ほど続いた。


ようやく角炎の話を聞き終えた春燐は、ふらふらになりそうな心地で後宮へと戻った。生半可な気持ちで他人の惚気《のろけ》話を聞いてはいけないとつくづく思い知る。

そして向かったのは自分の部屋ではなく、王太后の住まう香薬殿《かやくでん》だ。何の前触れもなく訪ねると紗祥《さしよう》付きの女官は嫌な顔をしたが、幾度か頼むと渋々春燐を紗祥の部屋に通してくれた。

「こんにちは、紗祥様」

挨拶《あいさつ》した春燐を迎えた紗祥は機嫌悪そうに顔を歪《ゆが》めていた。以前と同じく敷物に座り、雅《みやび》な扇で口元を隠す。

「急に何の御用ですの？　礼儀を弁《わきま》えないのが田舎者の作法ですのね」

今日も紗祥は絶好調で春燐を嫌っている。それでも追い払ったりはしないのだから、やはり気遣いの人なのだなと感心する。春燐は彼女の目の前に座し、頭を下げた。

「失礼しました。先日殺された女官のことを教えていただきたくて」

「優喬《ゆうきょう》のことを？　何故です？」

春燐の言葉が唐突すぎたか、紗祥の表情が苛立ちから不可解に変わった。

「犯人が誰なのか知りたいのです」

「犯人は禍鬼ですわ。あの恐ろしい禍鬼がこの王宮を再び襲っているのです」

その言葉に彼女の恐れを感じ、春燐は安心させるように告げる。

「紗祥様、女官殺しの犯人は禍鬼ではないと思いますよ」

「まさか、あれはどう見ても鬼の仕業ですわ。禍鬼が血を吸ったのです。あの酷い傷痕をあなたも見たのでしょう？」

紗祥の顔は不快に歪んだ。

「鬼かどうかは分かりませんが、少なくとも禍鬼ではないと思います。ですから私は犯人が何者で、何故女官を殺したのか知りたいのです」

その言葉に、紗祥は疑るような目つきでじろじろと春燐を眺めまわした。

「あなた……何かご存じですの？」

「いえ！　何もご存じではありません！」

春燐は慌てて否定する。鬼嶽が禍鬼だということだけは絶対に隠し通さねば。

「……優喬はわたくしの大切な女官でした。失ったことはわたくしにとって大変な悲しみですわ。そのわたくしに、あなたは何をしろとおっしゃるの？　わたくしに何も求めないと言ったあなたが」

「はい、私は確かにそう言いました。でも紗祥様はお優しいから、私の力になってくださると思います」

「ほほほ……相変わらずなんて厚かましい小娘でしょう」

紗祥は怒りのような笑みを浮かべ、扇を打ち鳴らした。

「紗祥様、どうか殺された女官のことを教えてください」

巡り巡って話は元のところに戻ってきた。

「……わたくしは今でも犯人は禍鬼だと思っていますわ。ですから、つてのある道士をここへ呼び寄せようと考えています。犯人は禍鬼ではないと考えているあなたとは、意見が合いませんね」

紗祥は冷たく言い、閉じた扇で入り口を指した。

「出てお行きなさい」

「紗祥様……！」

春燐は更にすがろうとしたが、紗祥はその言葉を聞かず突き放すように言葉を紡ぐ。

「あなたに何も求められないわたくしが、あなたの問いに答える義務はありませんわ。けれど……殺された女官のことをよく知る者なら教えます」

「え！　ありがとうございます！」

この人はなんて懐の広い女人であろうかと春燐は感動した。紗祥は相変わらずそっけない態度ながら、春燐を案内するよう近くの女官に命じ、扇を振って追い出した。自分もあのようにできた女人にならねばと、春燐は改めて思うのだった。

女官が案内したのは香菂殿の一角にある部屋だった。扉を叩《たた》こうとするが中から人の声が聞こえて来客中と思われる。邪魔するのも悪いので、春燐はすぐ横の壁に背を預けて待つことにした。そうして長いこと待っていると、突然中からけたたましい物音がした。

「いつまで黙ってるつもりよ！　あなたがやったんでしょ！　分かってるんだから！」

甲高い叫び声が外まで響いた。

「こんにちは、大丈夫ですか？」

春燐は驚いて扉を開けた。部屋の中にはびしょぬれで床に蹲《うずくま》る女と、憤激の表情でそれを見下ろすもう一人の女がいる。格好から見るに、二人とも女官だろう。

「誰よ勝手に……え、お妃《きさき》様⁉」

立っている方の女官が怒りを吹っ飛ばして目を白黒させた。

この女官が、紗祥に紹介された久涼《くりょう》という名の女官だろう。殺された女官と親しかったという。しかし……

「話を聞かせてほしくて来たのですが……その前に、何かあったんですか？」

全く状況がつかめず、春燐は気になったことを確認した。

「な、何でも……」

気まずそうに呟《つぶや》く久涼の前に蹲っていたもう一人の女官が、立ち上がって部屋から逃げ出した。

「ええと……あなたが殺害された女官と親しかった久涼ですか？」

「え……優喬と……ですか？」

「はい、彼女を殺害した犯人を捜しているんです」

するとたちまち久涼は顔色を変えた。興奮したように目を見開いて、春燐に詰め寄ってくる。

「犯人は璃那《りな》です！」

甲高い声で喚《わめ》く。聞いたことのない名だ。

「璃那というのはどなたでしょう？」

「さっきここにいた女官です！　璃那が優喬を殺したんです！」

これはあっという間に犯人逮捕かと、春燐は驚いた。

「角炎様にも申し上げたのに、あまり取り合ってくださらなくて……」

そういえば、動機のありそうな者を調べていると角炎が言っていた。璃那という女官もその一人ということか……

「どうして璃那が犯人だと思うんです？」

確認すると、彼女の意気はわずかにしぼんだ。

「だって……璃那は優喬を恨んでますもの。優喬は璃那に……嫌がらせをしてたから」

言いにくそうに説明され、春燐はなるほどと胸中で頷《うなず》いた。

「嫌がらせというのは具体的にどういうことでしょう？」

言葉は知っているが、その一言で内容を想像するのは難しい。

「……優喬の恋人が璃那を好きになったんです。それで優喬は怒って……璃那の服を隠したり、物を壊したり……殴ったり……してたんです。だから璃那は優喬を恨んでるはずなんです！　絶対あの子が犯人だわ！」

「あなたは禍鬼が犯人だとは思ってないんですね？」

問われた久涼はぶんぶんと勢い良く首を振った。

「だって璃那は……優喬が死んだのを見ても顔色一つ変えなかったんですよ。犯人は璃那だわ。あの子は鬼にとりつかれたのよ」

「そうですか……。ところであなたは？」

春燐は彼女自身のことが気になって聞いてみたが、聞かれた久涼はきょとんとした。

「え？　私が何ですか？」

「あなたは璃那に嫌がらせしてないんですか？」

たちまち彼女は青ざめた。

「私はそんなこと……してません。酷《ひど》いことをしてたのはいつも優喬で、私じゃない。私は一緒にいただけで、恨まれる理由なんか……」

そこで久涼は黙り込んだ。青い顔には恐怖がありありと浮かんでいる。

「どうして一緒にいたのですか？」

春燐は不可解に思い聞いていた。

「どうしてって……」

「不快に思う相手とは一緒にいたくないものだと聞きます。あなたは優喬と一緒にいた。彼女が璃那に嫌がらせをするのが、あなたは嫌ではなかった？」

「ちがっ……」

否定しかけ、しかし言葉は押し潰《つぶ》されるように消えた。それを潰したのは彼女の良識であったかもしれないし、或《ある》いは恐れであったかもしれない。

「……仕方なく一緒にいただけで、特別仲が良かったわけじゃありません。優喬はわがままだし、人を見下すような癖があって……私は彼女が好きじゃなかった」

自分の体を守るように腕を回し、目を逸《そ》らしながら久涼は弁明する。

「私は何も悪くない！　璃那をいびっていたのも優喬だけです。だから璃那は優喬を殺したんだわ。璃那を早く罰してください！」

「そうですか……分かりました。璃那の言い分を聞いてみましょう。彼女の部屋はどこですか？」

「……この部屋の五つ隣です。本当に罰してくださるんでしょうね」

久涼は疑《うたぐ》るように春燐を睨《にら》みつけた。香菂殿の女官たちは春燐を信用していないと見えて態度が冷たい。主《あるじ》である紗祥に近づく者を見極めるためなのだろうと思い、やはり紗祥の人徳に感服してしまう。

「罰を与えるのは私の仕事じゃありませんから、その役割の人に任せます」

そう告げて、春燐は女官の部屋を出た。

言われた通り五つ隣の部屋の扉を叩く。小さな返事があったので、中に入るとさっき見たずぶ濡《ぬ》れの女官がいた。

「こんにちは、あなたが璃那ですか？」

璃那は濡れた服を着替えて頭を拭《ふ》いているところだった。初めてまともに顔を合わせてみると、璃那は整った顔立ちに凛《りん》とした雰囲気を纏《まと》わせた美女だった。

「何か御用でしょうか？　お妃様」

春燐はどう切り出したものかと思案した。駆け引きというものを、春燐はおよそしたことがない。故に、聞きたいことを聞き、言いたいことを言うしか方法を知らない。

「あなたは優喬という女官を殺しましたか？」

周りに誰かいたら度肝を抜かれるほど率直な問いだったが、璃那は驚くでもなく一度瞬《まばた》きして首を傾げた。

「あの程度の女に、わざわざ殺すほどの価値はないと思いますけれど」

「犯人はあなたではないということですか？」

璃那はそこで初めて春燐と目を合わせた。美しい瞳《ひとみ》の奥が驚くほど冷たい。

「私が疑われる理由は分かります。私が優膏に嫌われていたからです。私が嫌われていた理由も分かります。私が男にモテて、身分が低くて、性格が悪いからです」

淡々と言葉を紡がれ、春燐は面食らった。

「嫌がらせをされていたと聞きました。あなたが優膏を憎んでいるはずだと」

「そうですね、色々嫌がらせされました。ですが……それほど酷いことをされはしませんでしたわ。彼女の嫌がらせに気づいて止めてくれた人もいましたし」

止めたということは、優膏の行為をよく思っていなかったということだろう。

「それは誰ですか？」

「紗祥様の筆頭女官の蘭華《らんか》様です」

「なるほど、では紗祥様にお願いすればその人に会えますね」

しかし璃那は首を振った。

「蘭華様は体の弱い方で王宮勤めを続けられなくなり、二か月くらい前に王宮を去っています」

「そうなんですか？　今はどちらに？」

「都にあるご自分の屋敷と聞いています」

「そうですか……」

　それなら今回の事件とは全く関係ないだろう。

「どうしてもお会いになりたいなら、陛下の第一補佐官に頼んでみるとよろしいかと」

　提案されて春燐は、該当の人物を思い浮かべた。国王陵鬼嶽の第一補佐官といえば、いつも傍にいる恩《おん》角炎のことである。

「角炎殿ですか？　どうして？」

「蘭華様は角炎様の奥方ですから」

　その答えに春燐は目が点になった。

「ええ⁉　角炎殿がいつも惚気《のろけ》ているあの奥方ですか？」

　ついさっき眩暈《めまい》がするほど惚気話を聞かされたばかりだ。

「そうです、あの奥方です」

　璃那は嫌そうに顔をしかめた。

「私に後宮の仕事を教えてくれたのは蘭華様ですが、仕事の三倍は御夫君の惚気を聞かされました。蘭華様は誰彼構わず惚気るので、紗祥様も辟易《へきえき》なさっていたほどです。あの紗祥様がです。あの紗祥様がです！」

　二度言った。ずいぶん似た者夫婦とみえる。

「紗祥様は寛大でお優しい方ですから、蘭華も話しやすかったのでしょう」

「え？　寛大で優しい……？」

璃那は胡乱《うろん》な話を聞いたとでもいうように、眉《まゆ》をひそめて首を捻《ひね》る。何かおかしなことでも言っただろうかと、春燐も同時に首を捻る。

しばし両者不可解そうに黙っていたが、春燐は気を取り直して話を進めた。

「今回の事件には関係ないでしょうから、お会いする必要はなさそうです」

「そうですね。会えば惚気話を延々聞かされますので、うんざりするのがオチだと思いますよ」

璃那はほんの少し口角を上げた。

「そうですか、お話を聞かせていただきありがとうございました」

春燐は礼を言うと、今日聞いた話をあれこれと思い返しながら香葯殿を後にした。


「お疲れ様です、鬼嶽様。好きです」

その日の政務を終えて静狼殿《せいろうでん》に戻ってきた鬼嶽を、春燐は部屋の前で迎えた。花の笑みを浮かべている春燐に、鬼嶽は疑《うたぐ》るような視線を注ぐ。

「今日は姿が見えなかったが、どこに行っていた？」

「香葯殿に行っていました」

「また紗祥殿に呼び出されたか？」

鬼嶽は眉根《まゆね》を寄せて不快を示しながら部屋に入る。春燐が扉の外で入ろうかどうか迷っていると、鬼嶽は面倒くさそうに手招きをした。春燐は飛び跳ねるような足取りで鬼嶽の部屋に入り、すぐ近くまで駆け寄ると彼の顔を見上げた。

「香葯殿の女官を殺した犯人を見つけようと思って」

「……は？　何をやってるんだ？」

わけが分からないという風に、鬼嶽はぽかんとした。

「女官が殺された理由を一刻も早く知りたかったんです。だけど角炎殿の邪魔をするわけにはいきませんから、紗祥様の力をお借りしました」

説明すると、彼はいつも厳しい顔をますます厳しくする。

「危ないことはしていませんよ。犯人だと疑われている女官に会ってきただけです」

「馬鹿が！　充分危ないだろうが！」

怒鳴られ、春燐は上目遣いに手を合わせた。

「あの……もう一度激しく怒鳴っていただいても？」

鬼嶽は頬を引きつらせ、春燐の顎《あご》をつかんだ。

「喰《く》い殺されたいか」

低く唸《うな》るように言われ、春燐の胸は高鳴る。

「え、私を食べてくださるのですか？　いつ？　今ですか？　今ですね？　服は邪魔ですか？　脱ぎましょうか？　脱ぎますね」

春燐は声を弾ませて勢いよく服を脱ぎ始める。

「やめろ馬鹿者！」

鬼嶽は慌てて春燐の腕を捕まえた。

「これ以上余計なことはするな。私の目の届く場所でおとなしくしていろ」

「早く理由が知りたかったので……それに犯人が見つかればみんな喜ぶでしょうし」

「犯人逮捕はついでか」

皮肉っぽく口角を上げる鬼嶽に、春燐は慌てて言い添える。

「確かについでですけども……鬼嶽様だって禍鬼の噂が広まると困るでしょう？」

「たいしたことじゃない」

「そんなのいけません！　だって万が一にも鬼嶽様が禍鬼だとばれるようなことがあったら……みんな鬼嶽様を好きになってしまうじゃないですか！」

焦る春燐に、鬼嶽は呆《あき》れたような目を向けてくる。

「頼むからくだらないことを考えるのはやめろ。余計なこともするな。何もするな」

あんまりにも否定され、春燐は腹が立ち、ふと怪しむ気持ちが湧いてきた。

「どうしてそんなに嫌がるんです？　まさか本当の本当の本当の本当に……鬼嶽様が犯人なわけじゃないですよね？」

「馬鹿げた質問をするんじゃない。これ以上首を突っ込むなら部屋に閉じ込めるぞ」

彼の態度は心底嫌そうだ。

「だからどうしてですか？　そんなに反対されると、あなたのこと本当に犯人だと疑ってしまいますよ？」

脅すように言うが、鬼嶽は平然と答える。

「疑えばいいだろ」

「私に疑われてもいいっていうんですか？　殺人犯だと思われてもいいと？」

怒った顔の春燐を見下ろし、鬼嶽は馬鹿馬鹿しそうに言った。

「私が殺人犯だろうが禍鬼だろうが化物だろうが、どうせきみは私のこと好きだろ」

絶対的な確信をもって決めつけられ、春燐は呆気《あっけ》にとられる。

「もう遅いから後宮に戻れ。二度と勝手なことはするなよ」

そう言って、鬼嶽は春燐を部屋から追い出した。

「何て言い草でしょう……」

廊下を歩いて後宮へ戻りながらも、春燐は怒りが収まらない。

「鬼嶽様は、何があろうと私が鬼嶽様を嫌いになることはないって思ってるんですね」

まったく、人を馬鹿にした話だ。

「鬼嶽様なんて……鬼嶽様なんて……鬼嶽様なんてっ……何があろうと死ぬほど大好きだけどー!!」

思わず廊下の途中で立ち止まって叫ぶ。

通りかかった見張りの衛士がびくっと飛び上がった。

春燐は荒い息をしながら気持ちを落ち着け、再び歩き出そうとした。

その時——獣の唸り声が聞こえた。

「私が何したっていうのよ……！」


夜が更けて暗くなった部屋の中をうろうろと歩き回りながら、久涼は一人呟《つぶや》いた。

妙に手足が冷たく、とても落ち着いて座ってはいられなかった。

昼間言葉を交わした春燐のことを思い出す。あの王妃は本当に、璃那を犯人として捕まえてくれるのだろうか？　あまり頼りになるとは思えない。紗祥のような力強さも感じないし、聡明《そうめい》な女にも見えなかった。得体のしれない独特な空気を纏《まと》っていたことは確かだが、殺人犯を断罪する厳しさは持ち合わせていないのではないか……考えれば考えるほど不安は募った。

紗祥は優喬を殺したのは禍鬼だと言って騒いでいるが、犯人は絶対に璃那だ。璃那が自分をいびった優喬を殺したのだ。そしてもし、璃那が久涼を優喬の仲間だと思っていたら……今度は久涼を狙うかもしれない。

本人を問い詰めても璃那は久涼を無視してまともに答えようとしなかった。カッとなって突き飛ばして水まで掛けてしまったから、そのことも彼女は恨んでいるかも……

優喬の死体を見た時のことを思い出す。あんな残酷な殺し方……いったいどうやってやったのか……まさか自分も同じように……？

「私は何もしてない……何も悪くない……」

いつだって璃那をいびっていたのは優香で、自分は悪いことなんか何も……

考えれば考えるほど焦り、久涼はとうとう蹲《うずくま》った。

その時、窓の外から物音がした。獣の唸り声のような音が聞こえる。怪しげなその物音に、久涼は蹲ったまま固まった。息をつめてしばしじっとしていたが、耐えられなくなって薄く口を開く。

「……誰？」

かすれる声で問いただす。答えはなかった。獣の声だけがずっと聞こえている。

久涼はごくりと唾《つば》を呑《の》み、立ち上がって窓に近寄った。音を立てないようゆっくりと手を伸ばし、そっと窓を開ける。冷たい夜風が頰を撫《な》で、ぞっとする。窓の外には漆黒が満ち満ちているだけで、誰もいない。無人の闇に久涼は目を凝らした。

「……璃那……なの？」

消え入るような声で問いかけたその時、闇の中から何かが襲いかかってきた。


「きゃあああああああ!!」

遠くから甲高い悲鳴が聞こえて、春燐はぎくりと足を止めた。獣の唸り声を追いかけて香葯殿に足を踏み入れたところだった。

悲鳴は覚えのある声だった。昼間話を聞いた女官の久涼と同じ声だ。その声に込められた切迫さを感じ、春燐は薄明りの灯《とも》された廊下を走りだした。

ちょうど衛士の巡回路とずれていたらしく、春燐は誰にも会うことなく久涼の部屋にたどり着いた。

「大丈夫ですか？　どうしました？」

聞きながら部屋に飛び込み、目の前の光景に啞然《あぜん》とする。

久涼が大きな黒い獣に襲われている――！　一瞬、昨夜のあの獣だと思い、しかしよく見てみれば――それは倒れた久涼にのしかかり、短剣を振りかぶっている悪漢だった。

黒い衣に黒い獣の仮面を被《かぶ》った真っ黒なその人物は、酷《ひど》く獣めいて見える。何故か、人ではないように思えてならない。黒衣の悪漢は仮面に隠れた喉《のど》の奥で唸り声をあげた。それもまた、人のものではありえなかった。以前にも聞いたあの獣の唸り声だ。

「あなたは誰ですか？」

春燐は悪漢に近づきながら聞いた。

体格からしておそらく男……彼はピタリと動きを止め、春燐の方に剣を向けた。鋭い切っ先が眼前に揺れる。死というものを明確に突き付けられ、春燐の頭はたちまち冷えた。瞬《まばた》きもせずに悪漢の面を見つめる。

「私を殺すのですか？　何故？　放っておいてもいずれ死ぬのに？　百年もたてば確実に死んでいる私を今殺すなんて無意味な行為に、あなたは何の意味を見出《みいだ》すの？　優喬殺す理由を――」

憎い相手にそこまでの価値を見出すのはどうして？　どうか教えてください、人が人を殺したのもあなたですか？　何故？　何のために？　憎いからですか？　憎いなら、放っておけば死にますよ。なのにわざわざ自分の手を煩わせる価値があるのですか？

春燐は淡々と問いを重ねた。それを知るためだけに今ここにいるのだ。

久涼が這《は》いずるようにして悪漢から離れた。顔は涙に濡《ぬ》れていて、腰が抜けたのか立てずにいる。春燐はとりあえず久涼を逃がそうと思い、彼女を隠す位置に立った。

すると悪漢の全身に怒りの気配が宿った。服の下で体が強張《こわば》り震えている。そして彼は握った剣を床に落とした。訝《いぶか》る春燐の目の前で、悪漢の爪が鋭く鉤形《かぎなり》に伸びた。それは大きく、腕と同じくらいの長さがあって猛禽類《もうきんるい》の形をしている。その巨大な爪に春燐は瞠目《どうもく》した。

「あれ……？　あなた、やっぱり人間じゃないですね」

人の形をしているだけの、人ではない何かだ。死んだ女官の全身につけられた傷痕《きずあと》は、嚙《か》み傷ではなく鉤爪《かぎづめ》の刺し傷だったのか。

春燐は彼に近寄った。その爪が死んだ女官と同じように自分の皮膚を貫くところを想像できなかったわけではない。むしろまざまざと想像した上で、春燐は近づいたのだ。

「もしかしてあなた、私を威嚇していますか？　私を怖がらせようとしている？　だったらごめんなさい、私はそういうの分からないんです」

春燐はじいっと彼を凝視した。その獣の仮面の下にある顔を見たいと痛切に感じた。

「あなたも……死なない人なんですか？」

人間ではないのなら……鬼嶽と同じ禍鬼なのでは……？　そう聞いた瞬間――

「それは浮気だろ」

低く悍《おぞ》ましい声とともに、春燐の背後から大剣が投擲《とうてき》された。剣は悪漢が反射的に飛び退《すさ》った足元の床に、根元まで深く突き刺さった。どういう力が加わればそういうことになるのかと、春燐は目を白黒させながら振り返った。

「鬼嶽様！」

想像通りの夫の姿に浮かれた声をあげる春燐を、鬼嶽はじろりと睨《にら》んだ。

「どうしてここに？」

「それはこっちの台詞《せりふ》だ」

鬼嶽の声はずいぶんと怒っていて、そのおどろおどろしさに春燐はきゅんとした。

「私は悲鳴を聞いて……」

「私も同じだ」

鬼嶽がいた静狼殿まではずいぶん距離があったはずだが……禍鬼の聴力とはそこまで優れているものなのかと、春燐は感心した。鬼嶽は目を輝かせている春燐から早々に視線を移し、悪漢を見据えた。

「驚いたな……本当に鬼だったか……」

「え⁉　あの方は鬼なんですか？　じゃあやっぱり鬼嶽様と……」

同じ禍鬼なのかと聞きかけ、慌てて口を噤《つぐ》む。すぐ近くに腰を抜かした久涼がいるのだ、口を滑らせるわけにはいかない。

「いや、あれはそんな悍ましいものじゃない。あれは……ただの鬼だ」

そう説明されるものの、春燐にはただの鬼と禍鬼の区別が全くつかない。春燐の不可解を感じたらしく、鬼嶽は悪漢を見据えたまま言う。

「あれを捕らえてから説明してやる」

鬼嶽が身構え、悪漢にとびかかろうとした。その時——

「いったい何ごとですか⁉」

香葯殿の女官たちが駆けつけてきて、悪漢を目の当たりにすると血相を変えた。

「きゃあ！　化物！」「あの爪……鬼ですわ！」「誰か衛士を！」

辺りに悲鳴が響き渡り、鬼嶽は一旦《いったん》動きを止めた。その一瞬の隙に、悪漢は短剣を拾って開いたままの窓から闇へ飛び出し、あっという間に逃げて行った。

鬼嶽が舌打ちして窓に駆け寄る。夜に目を凝らすが、悪漢の姿はもうどこにもないようだった。しばらくそうしていると、部屋の入り口から角炎が駆けつけてきた。

「何かあったんですか？」

険しい顔で聞いてくる。鬼嶽が答えるより前に、

「角炎様！　やっぱり鬼だったんですわ！　禍鬼が後宮を狙っているんです！」

女官たちが理性をかなぐり捨てて角炎に訴えた。鬼嶽は忌々《いまいま》しげにそれを見ていたが、諦《あきら》めたようなため息をついて角炎に目配せした。角炎ははっとして、すぐさま耳を塞《ふさ》ぐ。

いったい何をしているのかと、春燐が訝《いぶか》しんでいると──

「こちらを向け」

鬼嶽が不思議な響きを持つ声で命じた。春燐が素直に振り向くと、彼の瞳《ひとみ》は深紅に光っている。ドキッとし、慌てて女官たちを見ると、彼女らは魂を抜かれたみたいにぼうっと鬼嶽を見ていた。角炎だけが逆に後ろを向いている。

「全て忘れろ。今夜ここでは何も起きなかった。お前たちはみな、それを事実として受け入れる。何一つ疑うな」

不思議な響きで淡々と命じる。そんな怪しい言葉で彼女たちが素直に従うものだろうかと、春燐は困惑した。しかし──女官たちは一様に頷《うなず》いた。

「はい……私たちは何も見ていません……」

抑揚のない声で答える。

「では全員下がって休め」

呆気《あっけ》にとられる春燐の前で女官たちは自分の部屋に戻ってゆき、久涼もぼんやりした様子で自分の寝台に入っていった。

床に刺さった剣を引き抜く鬼嶽の目は、いつもの漆黒に戻っている。

「今のはいったい……」

「行くぞ」

鬼嶽は不思議がる春燐の腕をつかんで引きずってゆく。

「禍鬼の力ですよ。禍鬼は人を操ることができるんです」

代わりに答えたのは後をついてくる角炎だった。

「それにしても……犯人が本当に鬼だったとは……」

言いながらも、彼はまだ信じられないという様子だ。

「ああ、あれは間違いなく鬼だ」

「マジかよ……」

角炎は唸《うな》る。彼は時々変に軽い。

「まさか、あの人……ってわけじゃ……」

「違う、ただの鬼だ。それにどう見ても男だった」

「……分かりました。鬼を捕らえるなら衛士じゃだめだ。こうなったら仕方がない。どうにかして道士を呼びます」

「全てお前に任せる」

そこまで言ったところで、鬼嶽は不意に立ち止まった。

「……くそ……喉が渇いた」

「力を使ったからですよ、血を飲んでください」

角炎が言う。春燐はその言葉が意味することを瞬時に解し、恨めしげな顔になった。

「角炎殿の血を飲むんですか？」

「きみには関係ない。自分の部屋に戻れ」

鬼嶽は鬱陶《うっとう》しげに春燐の手を放す。立ち止まっているのは春燐の部屋がある夜墨殿《やぼくでん》と、後宮から出る通りの境目だった。

「私の血じゃダメですか？　私は妻なのですから、鬼嶽様の喉を潤す血の詰まった肉袋だとでも思って、嫌がるところを無理やり組み伏せ乱暴に牙《きば》を突き立ててくださってもいいのでは？」

必死に訴えると、見張りの衛士が通りかかり、春燐は慌てて口を噤む。

「二人とも、こんなところで話すのはやめましょう。人に聞かれます」

角炎がそう言い、鬼嶽と春燐の背を押して後宮を出て、王の居室がある静狼殿へと連れてゆく。

鬼嶽の部屋に入ると、角炎は何とも言えない距離感で睨み合っている夫婦を見やり、いささか困ったように提案した。

「ええと……せっかく春燐様がこうおっしゃってるんです。試しに血を頂いてみたらどうですか？」

しかし鬼嶽は鬼のような顔で彼を睨んだ。

「もう一度言ってみろ」

「うっ……すみません」

本気の怒りを感じたか、角炎はじりじりと後ずさる。

「やっぱり私の血を吸うのは嫌ですか……？」

唇を噛んで悔しげに見やると、鬼嶽は渋い顔で黙り込んだ。しばし黙ったまま春燐を睨みつけ、苛立《いらだ》ったようにがしがしと頭をかき──

「飲む気が失《う》せた。今日はもういい」

投げ捨てるように告げる。すると春燐より角炎が驚いて声を上げた。

「え!?　本気ですか!?　餓《う》えた時には私がどれだけ嫌だと言っても無理やりとっ捕まえて押さえつけて血をすする鬼畜のあなたが!?……うわっ……春燐様、私を呪い殺すような目で睨むのはやめてください」

「呪ったりしません。羨《うらや》ましすぎて血の涙が出そうなだけです」

春燐は、のけぞる角炎を歯嚙《はが》みしながら睨みつける。角炎はなだめようとするように、両手を突き出した。

「分かりました、分かりました。私がお邪魔虫だってことはよーく分かってるんです。今日はよくても、鬼嶽様がこの先ずっと血を飲まずにいることはできません。その時どうするのか、お二人でよく話し合って決めるべきです」

「お前は自分の仕事を放棄するつもりか」

鬼嶽が怒りをあらわに問い詰める。

「いや、私一番部外者でしょうが。二人で決めてください。今から、話し合って」

「今から？」

彼は嫌そうに言うが、角炎も譲らない。

「今からです。次に血を飲みたくなったらどうするか、今決めるんですよ。先に延ばして解決することなんか一つもないんですからね。ほら、私は出て行きますから、お二人でちゃんと話し合って」

「お前の意見はないのか」

非難がましく言う鬼嶽に、角炎は目を吊《つ》り上げた。

「だから私は一番部外者だって言ってるでしょうが！　腹くくって話し合って！」

声を荒らげてそう言うと、角炎は部屋から出て行った。

後には春燐と鬼嶽だけが残され、世界に二人だけが取り残されたみたいな静けさに襲われる。身動きの音すらはっきり聞こえて、妙に緊張した。

「……きみはそんなに私に血を吸われたいのか？」

鬼嶽は自分の苛立ちを抑えようとするみたいに腕組みして聞いてきた。

「吸ってくださるなら一滴残らず」

「そこまで私が好きか……」

今度は問いではなく、呆《あき》れまじりの確認だった。

「死ぬほど好きですよ」

春燐は正直に答える。鬼嶽は腕組みしたままその場で幾度か体の向きを変えて考え込み、再び春燐を見た。

「禍鬼と鬼という言葉は混同して使われるが、その正確な違いを知っているか？」

その問いかけはあまりに唐突で、春燐は面食らった。確かに鬼が現れた夜の会話としてふさわしいものだったかもしれないが、夫婦の時間には似つかわしくないように思われた。

「知りません」

鬼という言葉を使うことはあっても、今までの人生でそれを目の当たりにしたことはない。それが伝説にすらなっている禍鬼とどう違うのか、春燐には分からない。

「鬼は人だ」

鬼嶽の答えは簡潔で、不親切だった。

「人……ですか？」

疑《うたぐ》るように聞き返す。

「人が魔に魅入られ、魔に取りつかれ、魔道に堕《お》ちると鬼になる。元々人であったものが鬼だ」

「そうなんですか？」

思いもよらない説明に、春燐は目を見張った。

「だが禍鬼は人じゃない。あれは生まれついての魔そのものだ。そういう生物だ。ゆえに遺伝する。私の母も禍鬼だった。禍鬼は人と子をなして、また禍鬼を産むんだ」

確かに、鬼嶽の母も禍鬼だったと以前聞いた。もちろんはっきり覚えている。

「母は善悪の観念を持たない人だった。彼女もまた生まれついての禍鬼だったから、人とは違う倫理で生きていた。母は――人間の血を殺すまで飲む禍鬼だった。人を何人も殺したが、そこに悪意はなかった。母は人間を自分と同じ種族だとは思っていなかったんだ。だから人が魚を食べるように母は人の血を吸い、殺した。半分は人の血を引いて生まれるのが禍鬼だが、禍鬼は人を同族として見ていない」

春燐は黙ってその話を聞いていた。彼は今自分に何を伝えようとしているのだろうかと不可解に思っていると、鬼嶽は一拍おいて先を続けた。

「そしてそれは私も同じだ」

彼はそこで組んでいた腕を解《ほど》く。手を伸ばせば触れられるほどの距離だ。彼の持つ人外の剛力なら、春燐を瞬きする間に縊《くび》り殺してしまえるだろう。

「私は人間を同族だと感じる感性を持っていない。私にとってきみたちは犬や馬と変わらない他種族の生き物だ。だからきみらに理解されたいとも愛されたいとも思わないし、嫌われても恨まれても別段傷つきはしない。私たちはそういう生き物だ」

そこで彼はその先の言葉を探すように一瞬視線をさまよわせた。

「だから……つまり……私が君を愛することはない」

春燐はその言葉を静かに黙って聞いていた。

「だから君の血は吸わない」

そこで彼の話は締めくくられた。春燐は三度瞬きしてうっすらと苦笑した。

「鬼嶽様は誤解なさっていると思うのですが……私はあなたに愛されたいと思っていませんよ？」

前にも言ったと思うが、上手《うま》く伝わっていなかったのかもしれない。

「あなたに愛されるなんて……私がそんな無謀で傲慢《ごうまん》なこと願うわけないじゃないですか。ただ、私が勝手にあなたを好きになっただけです。だから私を蹂躙《じゅうりん》してずたずたに痛めつけて、あなたが絶対死なない化物だってことを思い知らせてほしいだけ」

春燐は瞬《まばた》きもせずに鬼嶽を見つめた。

「私はあなたに踏みにじられる価値すらありませんか？」

そのくらいの価値はあっていいはずだ。搾《しぼ》り取られて捨てられるくらいの価値はあるはずだ。その意を込めて見つめると、鬼嶽は弱り切ったように嘆息した。

「……私は角炎以外の人間の血を吸ったことがない」

言われ、ムッとする。腹の底からめらめらと嫉妬《しっと》の炎が燃え上がる。

「どうして角炎殿の血ならいいんですか？　あの人の血はそんなに特別ですか？」

「私が望んだわけじゃない。あいつが自分の意思で私に血を提供すると誓ったんだ」

断言されて怒りが増した。ついつい前のめりで言い返す。

「私だって血を捧《ささ》げると言ってますのに！」

「あいつの命は私が救ってやったんだから血を飲むくらいは許されるだろ！　だがきみ

の血を飲む理由はない！」

彼の口調も荒くなった。

「……命を救ったって……戦争か何かで？」

思いつくことを口にしてみると、鬼嶽は余計なことを言ってしまったというように顔をしかめた。そして一考し、続ける。

「母は善悪の観念を持たない人だったと言っただろ。だから、私の乳兄弟だった角炎の血を吸おうとした。私が十歳の時のことだ。母が血を吸うなら殺すまで吸う」

鬼嶽は苦い顔でぽつりぽつりと語る。

「私はそれが嫌だった。だから母に抵抗して角炎を殺させまいとした。私は母に酷く乱暴な振る舞いをしたので、彼女は満身創痍《まんしんそうい》になった。この傷はその時に負ったものだ。不気味なことにこれだけ治らない」

鬼嶽は傷のある左目を押さえた。

「母はとても悲しみ、泣きながらどこかへ行ったきり……以来十五年戻ってこない。命を救われた角炎は私に全部捧げると言って、ずっと血を提供している」

その説明に、春燐は納得がいかず詰め寄った。

「鬼嶽様は人を愛さないのに、角炎殿を死なせるのが嫌だったのですか？」

「……私にとって人は犬や馬と変わらない生き物だが、傍にいれば情は湧く。兄弟のように共に育ったんだ、犬や馬を可愛がるように人を大切だと思うこともあるさ。人間は弱い生き物だから守ってやらねばならんしな。この国は私にとって居心地の悪い場所ではないし、そこに間借りしているのだからそれなりに彼らを尊重しようとも思う。だから望んでもいない王位に就いたし、欲望のまま血を吸うようなこともしない」

話を聞き終え、春燐はようやく納得した。

「以前王宮を襲った禍鬼というのはお母様のことだったんですね」

紗祥や女官たちが恐れていた禍鬼の正体がそれだったのだ。

「……禍鬼の牙《きば》は噛んだ傷を塞《ふさ》ぐことができる。だが、母は獲物に傷を残すことを好む禍鬼だった。正体は隠していたが、自分の牙の痕《あと》を隠すことをしなかった。今回の被害者につけられた傷と同じように、無数の傷痕《きずあと》を残すのを楽しんでいた」

そこで春燐はさっきの会話を思い出した。

「だから鬼嶽様と角炎殿は、この事件の犯人をお母様だと思っていたのですか？　だから私をこの事件から遠ざけたがっていたんですか？」

「犯人が母だったら……きみは真っ先に喰《く》い殺されそうだ」

「結局、犯人は禍鬼じゃなかった……鬼だった？」

「ああ」

その声には安堵《あんど》も何も感じられなかったので、彼が実のところ犯人が母親ではなかったことをどう思っているのかは分からなかった。春燐は一考し、思ったことを口にすることにした。

「……お母様は生きるために必要だから人を殺したのでしょう？　だから鬼嶽様も私の血を吸ってくださってもいいのでは？　これ以上角炎殿の血だけ吸うとおっしゃるなら……私、角炎殿を愛してしまいますよ！」

嫉妬の炎に焦がされ痛む胸で春燐は告げた。鬼嶽はぽかんと呆《ほう》けた顔になった。

「……何の話だ？」

「今まで知らなかったのですが、私は存外嫉妬深い女のようなのです。あなたに愛されたり嬲《なぶ》られたりする人に嫉妬してしまうんです」

人を好きになったのは初めてで、今まで知らなかった。自分は空虚な女だったけれど、その虚《うろ》に今は激しい炎が灯《とも》っている。

「だから私、あなたが愛するものを同じように愛そうと思います。鬼嶽様が愛する臣下は私も愛しますし、鬼嶽様が側室を迎えると言うのなら私もその側室を愛しますね。鬼嶽様がするのと同じように愛します。角炎殿を襲って血を吸わせてもらって、新しく迎えた側室と床を共にする……女同士でも房事は可能だと教わりました」

「誰に教わった、そいつを連れてこい今すぐ」

鬼嶽は怒気のまじる投げやりな口調で一息に言った。

「達人の碧藍《へきらん》から教わりました。子供の作り方を教わった時に」

「……余計なことを教わらなくていい」

呆《あき》れ果てたという様子だ。

「ですが私はそういうことに関して無知が過ぎるので、ちゃんと勉強を……」

「しなくていい、そんな知識はいらん」

うんざりしたように彼は言った。

「鬼嶽様はお詳しいのですか?」

ふと思いついて聞いてみる。側室はいないとは前に聞いたが……

「お詳しいわけないだろ。したこともないのに」

「ないんですか? 一度も?」

さすがに驚いた。一国の王が一度も? 子作りの行為をしなかった?

「一度もない。子はいらないし、そもそもそういうことに興味がない」

「じゃあ、いつか私としたら、それが初めてということに……」

春燐がどぎまぎと妄想の翼を膨らませ始めると、鬼嶽は乱暴に春燐の顎《あご》をつかんだ。

「そんな日は永遠に来ない」

冷たく言い捨てられ、春燐は頬を潰《つぶ》されたまましょげた。

「それから……約束を破ったことを反省しろ。危険なことをするなと言っただろ」

「危険なこと……?」

春燐は己の行動を思い返した。

「私は鬼嶽様の言いつけを破ったりしませんよ。危険なことはしていません」

「鬼に殺されるところだった」

「それの何が危ないのですか？　だって私が死ぬだけですよ？　人は死ぬものです」

危険――という言葉の意味を、春燐は実のところ定かに理解してはいなかった。すると鬼嶽は怒った顔になり、春燐の顎をつかむ手に力を込めた。潰された頬が痛い。

「きみは私の妻だ」

「！　はい！　妻です。好きです」

初めてはっきり妻と断言され、春燐はたちまち有頂天になった。

「だったら、私が不快になることをするな」

続けられた言葉に混乱する。その言葉を頭の中で幾度も繰り返す。

鬼嶽を不快にすること……それが春燐の死だというのだろうか？　つまり……

「鬼嶽様は、私に死んでほしくないのですか？」

「私は嫁いできたばかりの妻に死んでほしがるような男に見えるか？」

「え、見えます。好きです」

周りの人間など容赦なくなぎ倒し、その屍《しかばね》の上に一人立っている怪物にすら見える。そして誰が死のうとも、彼だけは傷一つなく生き続けるのだ。その光景をありありと想像し、春燐はうっとりと目を細める。

「どいつもこいつも……私を何だと思っているんだ」

鬼嶽は呆れたように嘆息し、春燐から手を放した。失《う》せた痛みに寂しさを感じる。

「私はこの国の王だ」

唐突に言われ、春燐はきょとんとした。

「はい、知っていますよ」

「この国に存在する全ての人間は、私の命令に従う義務がある」

「もちろんです」

即答する。おそらくどの国でもそれは真理だろう。

「だからきみは、私の許しなく勝手に死ぬな。命令だ」

思いもよらぬその命令に、春燐は驚いて目をしばたたいた。彼は鬼の形相で、じっと春燐を睨《にら》んでいる。

彼がどうして自分にそれを望むのか、春燐には分からなかった。自分が死んで困る人間も悲しむ人間もいないと思って生きてきたし、死ぬなと言われたこともなかった。

彼が優しい人で春燐を幾度も心配してくれたことは知っている。けれど、彼が春燐を失いたくない理由なんか何一つないはずなのに……それでも彼は死ぬなと言う。

はい——と答えたら、彼は喜んでくれるのだろうか？　嫌だ——と拒んだら、彼は蔑《さげす》んでくれるのだろうか？　しばしそのあわいを揺蕩《たゆた》い、春燐は頷《うなず》いた。

「分かりました。鬼嶽様の許しなく死んだりしません」

「分かればよろしい」

鬼嶽は真面目な顔で頷き、春燐に手を伸ばした。これはまた痛くつかまれるに違いないと、春燐はつかみやすいようわずかに顎を上げる。が——鬼嶽は両手で春燐の頬をはさみ、顔を近づけると――春燐の鼻をがぶっと嚙《か》んだ。

理解の埒外《らちがい》にあるその行動に、春燐の頭は真っ白になった。硬直している春燐を放し、鬼嶽は怪訝《けげん》に眉《まゆ》をひそめた。

「どうした？」

「え、な、な……何を……はっ！　ぜ、前戯ですか？　脱ぎますか⁉」

カッと目を見開き、春燐は彼の服に手をかける。

「やめろ馬鹿者！」

きつく怒鳴り、鬼嶽は春燐の手をはたいた。

「ダメですか？　前には好きに触らせてくださいましたのに」

春燐が少ししょんぼりすると、鬼嶽はぐっと押し黙った。これは押せばいけるのでは？　などと春燐は邪《よこしま》なひらめきが浮かぶ。

「少しだけ触ってもいいですか？」

聞いても答えは返ってこない。やはり押せばいける気がする。春燐はそろりそろりと手を伸ばした。彼の心臓の音をもう一度聞きたいような気がしていた。しかし春燐の指先が触れる前に、鬼嶽は一歩下がった。

「駄目だ。もう部屋に戻れ」

険しい声で拒絶され、春燐はしばし硬直する。彼が嫌がるのは当然だ。春燐に触れられたがる人なんているわけがないのだから、当たり前のことだ。だから……

「鬼嶽様の、ばか、きらい」

唇からそんな言葉が飛び出していた。きらいと言われた鬼嶽は驚いたように目を見張って何か言いかけた。春燐はその言葉を聞く前に背を向けて、脱兎のごとく駆け出した。

部屋に戻った春燐はすぐさま寝台に入ったが、なかなか寝付けずにいた。

春燐に触られたくないなんて、鬼嶽にとっては当たり前のことだ。それなのにどうしてあんな嫌なことを言ってしまったのだろうかと、思い返すたびじたばたしてしまう。

眠れぬまま時を過ごしていると、深夜の窓の外から低い獣の唸《うな》り声が聞こえた。

春燐は寝台から飛び起きた。窓を開いて外を見る。闇の中には何も見えない。体を乗り出して上を向いてみるが、やはり何の姿もなかった。

春燐はそのまま少し考えて、窓から外に飛び降りた。裸足《はだし》の足に小石が刺さって痛い。

女官が殺されてからというもの、王宮の警備態勢は堅固で物々しいものになっているが、辺りに衛士の姿はない。見回すと壁の近くに立派な広葉樹が植えてあったので、春燐はそのぼこぼこと節の多い幹にしがみつき登ってみた。必死にしがみついて少しずつ登ると、屋根の上が見える。そこにあの黒い獣が立っていた。

「夢……じゃ、なかった」

白い息と共に呟《つぶや》き、枝を伝って屋根の上に降り立つ。寒風が肌を刺す。

獣は振り向き春燐を見た。その眼差《まなざ》しに射貫《いぬ》かれて、春燐は身震いがした。黒衣の鬼を最初に見た時、黒い獣に見えたことを思い出す。

「……こんばんは。前にもお目にかかりましたね。あなたは、さっきの鬼と同じ人ですか？　変身できる……とか？」

そっと声をかけてみるが、獣は何も答えず身じろぎもしない。

「こんなところで何してるんです？　私もね、今夜はなかなか眠れなかったんです。だからあなたに会えて嬉《うれ》しい。私の話し相手になってくれませんか？」

笑いかける春燐を、獣は警戒するように見ている。

「あなたに近づいてもいいですか？　あなたとお話ししたいんです。あなたが人を殺す理由を教えてほしいんです。私はあなたに、怖いことはしませんよ？」

ぱっと手を広げて敵意がないことを示し、春燐は獣に近づこうとする。しかし獣はすぐさま踵《きびす》を返して屋根の上を走りだした。

「待ってください！」

春燐は必死に追いかけた。不安定な屋根の上を懸命に走り、見失うまいと目を凝らす。けれども獣の足は速く、どんどん遠ざかってゆく。夜の中を跳躍する黒い姿の美しさに、春燐は目を細めた。

「待って……」

呟いたその時、足がもつれた。屋根の上で倒れ、そのまま転がってゆく。激しい衝撃と勢いよく流れる景色の中、春燐の頭の中は突如冷静になった。落ちてゆく自分を酷《ひど》くゆっくりに感じる。

このまま屋根から落ちて地面に叩《たた》きつけられたら死ぬだろうか？

いや、この高さで死ぬことはないだろう。足から落ちればせいぜい骨が砕けて歩けなくなるくらい。大した問題ではない。これなら鬼嶽との約束を破らなくて済む……冷静にそう考えるのと同時に、別れ際の会話が頭をよぎる。彼を……本気で怒らせてみたいという危うい感情が湧いた。

そう思ったところで、春燐は屋根から投げ出された。体がふわりと浮かぶような感覚がして、しかし落下を始めた次の瞬間、春燐の体は柔らかな毛皮の上に乗っていた。黒い獣がその背で春燐を受け止め、その勢いのまま地面に着地する。

春燐はずるりと地面に落ち、座り込んで黒い獣を見上げた。

「……助けてくれたんですか？」

その問いに、やはり獣は答えない。春燐を見もせずに巨体をぶるっと震わせると、獣は再び跳躍して屋根の上に消えていった。

第六章　蜜色の吸血

　国王の第一補佐官恩角炎《おんかくえん》は、立て続けに起こる問題に頭を悩ませていた。鬼が再度出現した翌朝のことである。

　襲われた女官の久涼《くりょう》にはしっかりと護衛をつけたから、次に鬼が襲ってきても何とか対処できるだろうが、他の人間が狙われる可能性を考えると……しかしこれ以上の人員を割くのは難しいし……悩める角炎は手近かつ最も重要な問題を片付けるべく、王の部屋を訪れ開口一番言った。

「申し上げにくいことなんですけど……見てました、昨夜」

　女官に世話を焼かれるのが嫌いな鬼嶽《きがく》は一人で着替えているところだった。春燐《しゅんりん》が見たら鼻血を出してひっくり返りそうだと角炎は想像した。

「ああ、見ていたな、お前」

　鬼嶽は不愉快そうながらもあっさりと言った。

「やっぱり分かってましたか」

　禍鬼《まがつき》の耳や鼻は異常に優れている。それを騙《だま》せるとはもちろん思っていなかったから、ばれているだろうと想像はついていた。

「あなたと春燐様の行く末が心配過ぎまして、無粋だとは思ったんですけど……いや、話はなるべく聞かないようにしましたから」

ひとしきり言い訳し、角炎は重々しく告げる。

「実は……どうしても伝えておきたいことがあります」

「何だ？」

鬼嶽の表情がたちまち険しくなった。ただでさえ恐ろしい顔がますます恐ろしくなり、震え上がりそうになる。これで鬼ではないと言う方が無理だろうと角炎はいつも思う。こんな恐ろしい人をカッコいいなんて言う春燐の神経が知れない。それでもこの恐怖を乗り越えて角炎は言わなければならなかった。

「鬼嶽様……あなた、鼻を嚙《か》むじゃないですか？　子供の頃からいつも……」

「ん？　ああ、約束を交わす時の……あれか？」

後宮を襲った鬼に関する情報でも出てくると思っていたのか、鬼嶽は肩透かしを食ったように肩の力を抜いた。

「はい、あれです。実のところ正直に言いますと……あれはあなたのお母上が持ち込んだ独自の作法であって、普通の人間はやらないんですよ」

途端、鬼嶽は目を丸くして固まった。彼のこんな顔を見るのは初めてではなかろうかと、角炎は何か奇妙な感動すら覚えた。ややあって、鬼嶽は見るのも憚《はばか》られる凶悪な渋面になった。

「お前……どうして今まで言わなかった」

「いや、俺にやるだけなら別に……困らないので……」

ひいっと喉《のど》の奥で呻《うめ》きながら、角炎は後ずさる。

「ですが年頃の女人にするにはいささか、礼を欠く行為ですから……嫌がる方もいると思うんですよ。なので、一応ご忠告を」

必死に最後まで言う。鬼嶽はしばし角炎を睨《にら》んでいたが、怒りを逃がすように強く息を吐いた。

「まあいい、別に大したことではないしな」

「あんなお方でも一応年頃の女性なんですから、気を使ってくださいよ」

少し軽めの口調で言ってみると、鬼嶽はまたじろりとこちらを睨んだ。

「お前……あの女に気をつけろよ」

「え？　な、何がです？」

不穏な気配を感じ、狼狽《うろた》える。

「彼女に血を吸われるかもしれないぞ、お前」

「……は!?　何でですか!?」

血を吸う？　自分の血を？　彼女が？　何でだ!?　頭の中を疑問がぐるぐると巡る。

「何だ、そこは聞こえてなかったのか。あれは私が好きすぎてお前に嫉妬《しっと》しているらしい。だから私がお前にすることを、自分もやると言っている」

「ええと……意味分からん過ぎてゲロ吐きそうなんですが……」

本当に意味が分からない。脳内は大混乱だ。本気で狼狽える角炎を見て、鬼嶽ははははっと嫌味っぽく笑った。

「何が可笑《おか》しいんですか！　つーか……あなた本当に、春燐様が自分を好きだってこと疑わないですね」

途端、彼は何故だか酷く不愉快そうな顔になった。

「……疑う余地もなくあの女は私を好きだろ」

何に苛立《いらだ》っているのか知らないが、声がいつにもまして怖い。

「昔からあれだけ女人に怖がられて泣かれて避けられてきたくせに、よく平気で春燐様の好意を受け入れられますね。いや、こっちとしては助かりますけど」

自分だったら女性不信どころか人間不信になりそうだが……

「……私は人間の価値観を持たないが、人間の価値観を理解はしている。あれは人間の価値観に照らし合わせた上でどう見ても変態で、変態なんだからおかしな嗜好《しこう》を持っていても不思議はない。たとえそれが、人を喰《く》らう恐ろしい怪物に惹《ひ》かれる——などという異常な嗜好でもな。どう言おうがあれは私を好いている」

何がそんなに気に喰わないのか腹立たしげに断言する。

「はあ……そうですか……まあ確かに、春燐様はどう見てもあなたを好きで好きで仕方ない様子ですしね。あんな美しい乙女にあそこまで好かれたら、さすがの鬼嶽様も……げふん、ちょっとは意識しちゃうんじゃないですか？」

何気なさを装って聞いてみる。鬼嶽が相思相愛の妻と結ばれるのは、角炎にとって何よりの悲願でもある。

「何だ、お前ああいう女が好みなのか？」

呆《あき》れたように聞かれ、角炎は一瞬ぽかんとして次の瞬間に激昂《げきこう》した。

「はあ⁉　冗談はやめてくださいよ！　俺には幼い頃からずっと愛し合ってきた最愛の世界一可愛い愛妻がいるんですから、どうやったってあんなおかしな姫君に惹かれるとかありえんでしょうが！」

「そんなおかしな姫君を私にあてがったのはお前だろうが」

じろりと睨まれ、角炎はうぐっと返す言葉を失う。

「そういえば、お前の妻にも久しく会っていないな」

「蘭華《らんか》は体が弱いですからね、もう王宮勤めはできないですよ」

妻の蘭華は子供の頃から体が弱かったのだ。王太后紗祥《さしょう》に気に入られて王宮勤めを楽しんでいたようだが、もう復帰はできない。

「まあこれからは俺が彼女を独り占めってことです。この前も、天気が良かったので二人で出かけたんですが、なんとそこで驚くことに……」

「やめろ、お前のその話は長くなる」

嫌そうに言われ、角炎は渋々といった風に口を噤《つぐ》んだ。

鬼嶽は着替え終わると政務室に向かった。角炎はいつも通りそれに付き従って仕事を始めたが、途中あまり見かけない女官が政務室を訪ねてきた。

「王太后紗祥様が、角炎様をお呼びです」

今までにないことだったので角炎は驚いた。そもそも色々な問題を抱えすぎていて手一杯なところにまた厄介なお人が絡んできたという気分だったが、相手は王太后、無視するわけにもいかなかった。

仕事を抜けて後宮の香葯殿《かやくでん》に訪ねてゆくと、紗祥は自分の部屋の敷布にしどけなく座していた。異国から取り入れた流行《はや》りの文化だが、何度見ても慣れない。その上、相変わらず派手な色の衣に身を包んでいる。この日は菫色《すみれいろ》と紅色に鬱金色《うこんいろ》を重ねるという、角炎からするとマジかお前と言いたくなるような装いだった。そもそも部屋に閉じこもっているくせに装飾品で飾り立てる意味はあるのかと聞きたい。

この女は昔から男を利用することしか考えていないようなところがあり、あまり関わり合いになりたくないのだ。それでも角炎は精いっぱいの愛想笑いをしてみせた。

「恩角炎、お呼びに従い参じました」

「お座りなさい」

扇で指し示され、角炎は紗祥の前に少し距離を保って座った。

「もちろん用件は分かっていますね？」

分かっているわけねえだろと、角炎は胸中で唸《うな》った。笑顔で誤魔化すと、紗祥は大げさにため息を吐く。

「鬼のことです」

角炎はぎくりとした。昨夜、鬼嶽はその場にいた者に鬼のことを忘れろと命じた。禍鬼には人を操る力がある。彼の力が破られたとは思えないが……

「禍鬼が出てから幾日も経つというのに、事態は何も進展していないようですね。あなたが責任者だと聞きましたが、禍鬼を捕らえるつもりはあるのですか？」

紗祥の声には独特の圧があり、後宮を支配してきた主《あるじ》なのだと思い知る。

「もちろんです。これは人の手に負える事態ではありませんし、道士を……」

「ええ、わたくしも同じことを考えていました。けれどあなたの対応は遅すぎますね。わたくしはすでに、ってのある道士をこの場に呼んでいます」

「は、え？　ここに……!?」

突然のことに角炎は面食らった。紗祥は優雅に視線を横へと投げた。部屋の端に珍しい格好の男が立っていて、近づいてくると紗祥の斜め後ろに座った。

「わたくしが呼んだ栄国《えいこく》の道士です」

紗祥は上に向けた手のひらで道士を示した。

「栄国!?」

春燐の母国であり、角炎がその縁談を取り付けるため何度も訪れた国だ。

「わたくしはずっと、春燐姫の性情に疑念を持っていました。幾度もまみえて言葉を交わし、今や確信を持っています。あの姫は……異常ですわ」

そんなことはありません――とは、口が裂けても言えなかった。春燐が異常でないと判じる者はいないだろう。黙る角炎に、紗祥は薄い微笑みを浮かべる。

「彼は春燐姫の知己だそうです。わたくしは彼から春燐姫がどのように育ったのか話を聞きました。そして……春燐姫こそがわたくしの大切な女官を殺害した犯人なのではないかと疑いを持ったのですわ」

「……は!?」

突拍子もない言葉に理解が追いつかない。紗祥は角炎を置き去りに話を進めてゆく。

「彼女は危険人物です。わたくしは後宮の主として、彼女に自由を与えることはできません」

「な、何をなさるおつもりですか？」

狼狽える角炎に、紗祥は小動《こゆるぎ》もせず断言する。

「春燐姫を幽閉します」

それは突然の出来事だった。

いつも通り鬼嶽につきまとって昨日の言葉をちゃんと撤回しなければと決意し、春燐はせっせと身支度をしている最中だった。

そこに彼らは現れたのである。後宮を守る屈強な衛士たちが、突如春燐の部屋に押しかけてきたのだ。彼らは何の前触れもなく現れ、何の説明もなく春燐を捕らえた。身支度を手伝っていた碧藍《へきらん》が驚いて抗議するが、衛士たちは話もろくに聞かない。

わけが分からないまま春燐は連行され、後宮のはずれにある牢《ろう》に入れられた。ここは罪を犯したり精神を病んだりした後宮の貴人を捕らえておく貴人牢《あてびとろう》だと簡単に説明されたが、自分の何が彼らにこの行動をさせているのかもちろん春燐には分からなかった。

まさか変態だからといってこんな風に閉じ込められはしないだろう。いや、自分は断じて変態ではないが……

一人ぶつぶつと不満を漏らしたところで、その声は誰にも届かないのだった。


「鬼嶽様!!　これはいったいどういうことでしょう!!」

政務室に碧藍が飛び込んできた。

全身を怒らせて声を荒らげ、詰め寄ってくる。彼女が鬼嶽にこういう態度をとるのは珍しい。彼女は何年も鬼嶽に仕えているが、当たり前のように鬼嶽を恐れる者の一人だからだ。しかしそんな恐怖など吹き飛ばすほどの怒りをもって、碧藍は鬼嶽に訴える。

「春燐様が紗祥様の命令で貴人牢に囚われましたわ！　これは鬼嶽様も承知のことなの

ですか⁉」

そんな話は寝耳に水で、鬼嶽は呆気《あっけ》にとられた。いったい何がどうなったら春燐を捕らえるなどということになるのか、にわかには想像もつかない。

まさか変態だからといってそんな風に閉じ込めたりはしないだろう。むろん、彼女は言い訳のしようもなく生粋のド変態であるが……。

「おかしなことになってきたな……」

心配そうな碧藍を残し、鬼嶽は後宮へと向かった。

香菂殿を訪れることは稀《まれ》である。兄である先王こそが訪ねるべき場所であったから、鬼嶽はめったに入ることはない。しかしこの訳の分からない事態に、鬼嶽はそんな遠慮などかなぐり捨てて香菂殿へと足を踏み入れた。

紗祥の部屋を訪ねると、怯《おび》え切った表情の女官たちが鬼嶽を中に通した。部屋の奥には紗祥と、見知らぬ男がいる。さっき呼ばれた角炎の姿は見えない。春燐の幽閉を聞き、そちらに向かったのかもしれない。

「紗祥殿、私の妃を貴人牢へ幽閉したと聞いたが？」

彼らの前に立ち、まずは穏やかに確認する。王太后が王妃を幽閉するなどありえない暴挙である。けれど、先に問題を起こしたのが春燐の方ではないと言い切れないのも確かだ。彼女はたいていこちらの想像を超越してくるのだから。

穏やかな確認だったにもかかわらず、彼らは全員射竦《いすく》められたように動きを止めた。

そんな中、敷布に座していた紗祥が立ち上がった。

「鬼嶽様、わたくしは春燐姫が女官を殺害した犯人である可能性を疑っているのです」

想像もしていなかった理由に鬼嶽はぽかんと口を開いたが、実際は怒りに犬歯を剝《む》き出しにしたかのようだった。

「何故そういう発想に？」

鬼嶽は努めて冷静に問いただした。紗祥は背筋を伸ばし、鬼嶽を真っ向から見返した。

この女は他の者と同じように鬼嶽を充分恐れているが、それを表に出さないことができる。肝が据わっていて我が強くて、時には鬼嶽に好意を抱いている振りすらする。その全ては亡き夫と、その忘れ形見である息子のために発揮されるのだ。そして今日の紗祥は、鬼嶽と真っ向から張り合う心づもりらしかった。

「死体を見た時の春燐姫の様子をご存じですか？　まともな姫君の様子ではなかったと、みなが口をそろえて言いますわ。そして、事件への異常な執着……わたくしには彼女のことが分かりませんでした。だから春燐姫のことをよく知る者に話を聞いたのですわ。

そして疑いを抱いたのです」

紗祥はそう言って隣に座っている男を促した。二十の半ばをいくつか過ぎたと思《おぼ》しきその見知らぬ男は、左右の色が白黒に分かれた服に、珍しい形の冠という変わった格好だが、その異質さに反して礼儀正しく平伏した。

「私は栄国の王宮に仕える道士で、正英《しょうえい》と申します。春燐姫のことは幼い頃から存じております。嫁いだ春燐姫のことがずっと気にかかっていて、紗祥様と連絡を取り合っていました。この度恐ろしい惨殺事件が起きたと聞き、ここへ駆けつけた次第です」

鬼嶽は険しい顔で正英と名乗る男をねめつけた。春燐が気にかかっていたという言葉の真意がどこにあるのか……それによってこの男の扱いは大きく変わるだろう。じっと睨《にら》んでいると、正英は跪《ひざまず》いたまま語り始める。

「私は、春燐姫を異国に嫁がせたことは間違いだったと思っているのです」

「……お前は今、私を不快にさせることを言っている」

端的かつ正直に、鬼嶽は己の心情を吐露した。正英はびくりと震えたが、顔を上げて膝《ひざ》の上に置いた拳を固めて更に続けた。

「どうか私の話をお聞きください。我が栄国の王宮に、春燐姫を恐れない者はいませんでした。みなが彼女に近づくことを恐れていました。栄国王がここへ彼女を嫁がせたのは……王こそが彼女を何より恐れていたからです」

なるほどと鬼嶽は思う。春燐はどこにでもいる普通の女……とはとても言えない、禍鬼である鬼嶽に初めての恐怖を感じさせた特級品の変態だ。この男の言葉は正しい。

しかし目の前の男の言葉に、鬼嶽は自分がはっきりと腹を立てていることを自覚していた。自分がどれほど恐れられても何とも思いはしないというのに、どうしてだか春燐がそのように言われるのは腹立たしかった。

彼女は無二の変態だが、それが向けられる相手は鬼嶽だけだ。断じて彼らではない。

「あの女の何を、それほど恐れる必要があると？」

「……栄国の王宮にこの惨殺事件の話が伝われば、皆がこう思うでしょう。春燐姫が女官を惨殺するということは……充分にあり得る……と」

「だから何故だ」

声に苛立《いらだ》ちが混じり、正英は震え上がった。それでも彼は必死に言葉を紡いだ。

「春燐姫が……死体愛好家だからです」

「死体愛好家……？」

およそ鬼嶽の人生で、一度も発したことのない言葉だった。

「……はい、王宮でももちろん死人は時折出ます。病や事故や、様々な理由で。そんな時、春燐姫はその死体の傍から離れることなく、いつもそれを楽しそうに観察しているのです。死体に触れ、においをかぎ、そして絵に描く。彼女はいつも死体を求めている。春燐姫が描く絵をご覧になったことはありますか？　彼女はしばしば大量の死体の絵を描き、うっとりとそれに魅入っているのです。その狂気がいつか生きた人間に向けられるのではないか……みながそう恐れていました」

その説明に、鬼嶽は思い当たることがあった。春燐が大量の死体の絵を描くさまを、鬼嶽もこの目で見ている。夢を見たのだと言い、それを思い出すために描くのだと……

「私たちには、彼女がそうなってしまったきっかけに心当たりがありました。六歳の時……春燐姫は母親とともに王宮から誘拐されているのです。春燐姫の母親に懸想していた護衛官の仕業でした。遠い山奥の村に逃げたその護衛官は……村人を全員惨殺し、姫の母を殺害し、自害しました。恋慕の果てに無理心中したのです。あの時……春燐姫は壊れてしまった。人の死を望み死体を求める恐ろしい何かになってしまったのです」

◇　◇　◇

春燐の母は父王の側室で、子は春燐一人だった。

物心ついたころには父である王が母を訪ねてくることはなくなっていて、母は春燐一人をたった一つの宝物のように愛してくれた。

後宮の片隅でひっそりと暮らしていたが寂しくはなかった。母と春燐に仕える護衛官はとても優しく愉快な男で、いつも春燐と遊んでくれたからだ。

そしてあの夏……護衛官は母と春燐を王宮から連れ出した。

遠い山奥の村へ三人で逃げた。

護衛官が母を好きなことは知っていた。

母もまた護衛官のことを好いていた。

そして二人は春燐を世界で一番大事にしてくれたから、春燐も二人のことが世界で一番大好きだった。

山奥での暮らしは楽しかった。村人たちは親切だったし、小さな小屋で身を寄せ合って眠るのは安心した。

けれど一月経った夜のこと――

目を覚ますと一緒に寝ているはずの二人がいなかった。

怖くなって外に出ると、そこに人が倒れていた。背中を斬られ、血を流して死んでいた。よく見知った村人だった。

春燐は悲鳴を上げて走り出した。

その道の先に、また村人の死体が落ちている。

怖くて怖くて泣き叫びながら近くの家に走ってゆくと、隣家の戸が開いていて中の住人は一人残らず惨殺されていた。

春燐は呆然《ぼうぜん》と立ち尽くし、ふらふら歩いて村の中を回った。

狭い山奥の村に暮らす三十人ほどの村人たちが……全員肉塊と成り果てていた。

生きている人を求め、いつも遊んでいる草むらにたどり着いたところで、春燐はようやく母と護衛官を見つけた。しかし次の瞬間――護衛官の握る剣が母の胸を貫き、母は血を噴いて棒切れのように倒れた。

春燐はとっさにしゃがみ、背の高い草むらに隠れた。恐怖のあまり声も出せず、息を詰めて草の隙間から二人を見た。

月明かりの中、倒れた母が痙攣《けいれん》しながら春燐の潜む草むらを見た。震える手がわずかに持ち上げられて、助けを求めるように春燐の方へ伸びた。けれど……春燐は息を殺したまま身動き一つしなかった。

母の手が地面に落ち、その頬に一筋の涙が流れた。命の光を失ったその瞳《ひとみ》に、春燐の姿が映った。どう考えても見えるはずのない距離だというのに、はっきり映っていると分かった。それはとても奇妙で恐ろしい感覚で、春燐は瞬《まばた》きすることも目を逸《そ》らすこともできず、母の瞳に映る自分の姿を見つめ続けた。大好きな母がそこに倒れているのに……助けようともせず隠れている、自分の薄情で残酷で醜悪な姿を……

母を殺した護衛官はしばし立ち尽くしていたが、その剣を緩慢な動作で持ち上げ……自分の首を斬った。

そしてみんなが死に絶えて、春燐は誰もいなくなった村に一人取り残された。

その年の夏は暑かった。死体はたちまち腐り、村は異臭で満たされた。

どうして彼らは死んだのだろう……春燐はその理由を考えた。

大好きだったあの人が母を殺した……村人たちを殺した……そこに何の事情があって……何の感情があって……何の意味があって殺したのか……その理由が分からない。自分の愛した人たちが死んだ理由が分からない。

必ず理由があるはずだ。そうでなければ彼らが死ぬはずがない。

春燐を置いていくわけがない。

王宮に救出されるまで半月の間――春燐は腐臭漂う村の中で考え続けた。

◇　◇　◇

そこで春燐は目を覚ました。

慣れない天井を見上げる。そこは紗祥の命令で閉じ込められた後宮の貴人牢だった。寝台に寝そべっていたらうとうとと眠ってしまったらしい。貴人牢はそれなりに清潔で整っていて、格子に隔てられていなければ普通の部屋だ。

瞬間、叫びだしそうになり、自分の口元を押さえて必死に堪《こら》える。

夢を……見た。また、あの夢を……

目が覚めてしまうと夢の内容はぼんやりしていて、仔細《しさい》や状況は分からない。死んだ人たちが誰なのかも分からない。おびただしい死体やその顔は、指から砂が零《こぼ》れ落ちるように消えてゆく。

「……描かなくちゃ……」

あの人たちを思い出さなくては……その一つ事が頭を侵略する。焦りと怒りと苦しさで、軋《きし》むほどに歯噛《はが》みする。自分には忘れる能力がない。それなのに……どうして彼らのことだけ忘れてしまう！　忘れる理由なんて何もないはずなのに!!

辺りを見るが、牢には紙も筆もない。誰かに持ってきてもらわなくては……今すぐ彼らを描かなくては……

視界が狭まり息が荒くなる。全身に重く黒い何かがべったりとへばりついているような感覚がして、変な汗が噴き出してくる。

窒息しそうな苦しさで動けずにいると、薄暗い牢の前に見知った女が現れた。

「……璃那《りな》！」

春燐はようやく呼吸ができて、ふらふらと木の格子に近寄った。次第に頭が働く。

「お妃《きさき》様が投獄されたと噂になっていたので……見物に」

璃那はそう言い、獄中の春燐を冷ややかに見やる。

「いったい何があったんですか？」

「私が聞きたいです。どうして私は捕まえられたのですか？」

誰も何も説明してくれないので、春燐はいまだにそれが分かっていない。

「私に聞かれても……紗祥様のご命令としか聞いていません。紗祥様は心の狭いお方ですから、お妃様に自分の地位を脅かされるのを恐れてこんなことをなさったのかも」

おかしな推測に春燐は首を振った。

「あの聡明《そうめい》でお優しい紗祥様がそんな馬鹿げたことをするはずありません」

「え、聡明でお優しい……？」

璃那は何とも言えない表情で牢の中の春燐を眺める。

「それより璃那、紙と筆を持ってきてくれませんか？」

「嘆願書でも書かれるのですか？」

「いえ、絵を描きたいのです。お願いですから持ってきてください」

春燐が必死に懇願すると、璃那は呆《あき》れたような顔になった。

「なんてのんきなお妃様。この非常事態にのんびり絵を描くおつもりですか？」

「お願いですから！」

思わず口調が強くなる。璃那は異変を感じたのか、真顔になった。

「……今すぐ必要なのですか？」

「お願いします」

「……分かりました」

璃那はそう答えて牢から離れようとして——突如固まった。彼女が見ている廊下の先を覗《のぞ》き、春燐も愕然《がくぜん》とする。そこに、あの黒衣の鬼が立っていた。

「璃那！　それは優喬《ゆうきょう》を殺した鬼です！　逃げてください！」

春燐の叫び声を聞き、璃那は弾《はじ》かれたように動いた。袖口《そでぐち》から鍵束《かぎ》を取り出し牢の錠前を開けて中に飛び込んでくると、すぐさま器用に内側から鍵をかけた。一瞬でそれらのことをしてのけた璃那は、どっと汗をかいて荒い息をついている。

「あれが……犯人ですか？」

震える声で問われ、春燐は頷《うなず》いた。

「優喬を殺した鬼です。だけど、どうしてこんなところに……」

春燐は牢の中から黒衣の鬼を見た。その存在感と衝撃に、春燐は少しだけ気持ちが安らいだ。おかげでさっきまでの焦りや苦しさが薄らいでいた。

「こんにちは、私に御用ですか？　それとも璃那に？」

「お妃様！　近づいてはダメです！」

璃那は血相を変えて怒鳴った。

「心配しないでください。ただ、話をするだけですよ」

落ち着かせるように説明し、格子を挟んで黒衣の鬼に向き直る。あの夢の苦しさに比べれば、この鬼など陽だまりで虫をついばむ小鳥のようなものだ。

「昨夜も会いましたね。あの獣も、あなたですよね？」

会話を試みるものの、やはり答えはない。

「また会えて嬉《うれ》しいですよ。私を殺しに来たのですか？　そうじゃないですよね？　あなたは私を殺さない。別に殺してもかまわないですけどね。約束を破った愚かな妻だと、鬼獄様が私の死体を蹴《け》飛《と》ばして終わるだけです」

危うい誘惑が褒められる喜びを凌駕《りょうが》する。けれど……

「でも、あなたは殺さないでしょう？　今までだって一度も私を殺そうとしなかった」

言葉を重ねても、やはり黒衣の鬼は答えない。鬼の被《かぶ》る獣の面が、春燐から逸《そ》れて奥の璃那の方を向いた。

「ああ……やっぱり璃那ですか」

春燐は璃那を隠すように移動して、鬼の真正面に立ちはだかった。

「優喬を殺して、久涼を襲って、今度は璃那を？　彼女たちに何の用事があるんです？　放っておいても死ぬ者を、何故殺したり襲ったりするんです？　教えてください、この無意味な行為の意味を。どうか私を納得させて。そうすれば……私はもう、絵を描かなくて済むような気がするんです」

人形のような無表情で淡々と問いかけた。

幾重にも問いを重ねられた鬼は、ぶるぶると震え始めて格子を握った。力を籠《こ》めると嫌な音がして、春燐を捕らえていた檻《おり》が破壊される。それは同時に、自分たちを守っていた盾を失うことでもあった。

異音を聞きつけ、人が駆けつけてくるのが分かった。彼らは破壊された牢と怪しげな黒衣の人物に悲鳴を上げる。鬼はそれらに見向きもせず、手にした短剣を春燐の喉元《のどもと》に突き付けた。黒衣から覗く鬼の手を、春燐は間近で見た。

「春燐姫は、助け出されたあと全ての記憶を失ってしまいました。あの方は見たものを何でも覚えてしまう。けれど、六歳以前の記憶は何一つ残っていないのです」

道士の正英は重々しく語る。

「あの方は壊れてしまった。たった一人の愛する母を殺され、あまりに凄惨《せいさん》な光景を見たせいで、まともな人間の感情を失い死体を求める恐ろしい姫君になってしまった」

辛《つら》そうに言う道士を見て、鬼嶽はうすら寒い気持ちが湧いてきた。

この男は……栄国の人間は……みな彼女をそういう目で見ているのだろうか？　本気で彼女を死体愛好家だと信じているのだろうか？

あまりに馬鹿馬鹿しくて、訂正する気にもなれない。彼女の言葉にきちんと耳を傾けていれば容易《たやす》く分かることだ。出会ってわずかの鬼嶽にさえ分かることを、何故彼らは分かろうとしないのか……

春燐は人を愛せず恐怖を感じない死体愛好家などではない。彼女はただ……誰より人を愛するがゆえに、誰より臆病《おくびょう》になってしまっただけだ。臆病ゆえに恐怖心を殺した。人が好きすぎて、失うのが怖すぎて、人を好きになれなくなった。

ただそれだけだ。ただそれだけの――変態だ。相手をできるのは同じくまともな人間じゃない自分くらいだろう。それを説明してやる気にもなれなかった。

「鬼嶽様、わたくしはわたくしの後宮にそのような危険人物を野放しにしておくことはできませんわ」

紗祥が優雅に扇を広げて口元を隠しながら言った。

「ならばどうすると？」

「わたくしがこの手で教育します」

「あなたが？」

春燐を疎んじているであろう彼女がそんなことを言いだすとは思わなかった。紗祥は息子を即位させるためなら何でもする女だ。春燐は邪魔以外の何物でもない。今すぐ首を刎《は》ねろと言い出しても鬼嶽は驚かなかっただろう。

しかし紗祥は力強く首肯した。

「ええ、わたくしが教育します。この国のためになる忠実な妃として、わたくし自ら教育しますわ」

ぞっとしない冗談だと鬼嶽は呆れた。紗祥はどうやら春燐を洗脳して、自分の支配下に置こうとでもしているらしい。笑い話にもならない。

春燐がそんな支配を受け付けるようなまともさを持っていれば、鬼嶽はわざわざこんなところまで足を運んでいない。あれを他の人間の手に渡すわけにはいかないなどと思ったりはしない。小娘一人に恐怖を覚えたりはしない。こんなにも……彼女の放った一言に苛立《いらだ》ちはしない。

「どうやら……彼女が私のもとに嫁いできたのは大いに正しかったようだな」

脅すような声が出た。たいがい自分の声はこんなものだが、この時は声と感情が見事に釣り合っていた。

「あれは人を殺したりはしない」

「ですが鬼嶽様……」

紗祥が反論しかけたのを、鬼嶽は視線一つで遮った。

「祖国でのことなどどうでもいい。彼女はこの王宮で人を殺したりはしない」

「何故そう言い切れますの⁉　彼女の何をそこまで信頼するとおっしゃるのですか？　わたくしはこの後宮を守らねばなりませんわ。彼女がその安全を脅かさないとどうして言えますの⁉　彼女が善良であることを、あなたは証明できるのですか⁉」

自分にここまでの怒声を浴びせる胆力を持つ人間などそうはいない。鬼嶽はそこにいささか感心しながらも、はっきりと答えた。

「あれが善良か悪人かは知らない。だが——あの女は私に惚《ほ》れているから、私の王宮に仕える女官を殺すようなことは死んでもしない」

ただそれだけの理由で鬼嶽は彼女を信じることができた。春燐の善悪を鬼嶽は問わない。その代わり、彼女の異常な執心だけは絶対的に信じている。自分はあの変態の琴線に触れる唯一の化物なのだ。

その答えに、紗袢は呆気《あっけ》に取られて言葉を失った。正英も信じられないというように鬼嶽を見上げ、恐る恐る聞いてくる。

「あ、あなたは春燐姫と想い合っているというのですか？」

「まさか、私が人を愛したりするわけがない」

禍鬼である鬼嶽の中にそんな感覚はない。

「お前たちは彼女の手を放したのだから、私がそのような質問に答える義務もない」

冷ややかに告げると正英は押し黙った。

「犯人は彼女ではない」

再び断言すると、紗祥が疑るような目をしたまま聞いてくる。

「ならば……やはり犯人は鬼だと言うのですわね？」

鬼嶽は思わず渋面になる。春燐が犯人ではないことを主張すると、必然的にそういう答えが出てくるのか。犯人が王妃か鬼かの二択というのは、王宮の状況としていささか問題があるように思われた。

「犯人が鬼だというなら、当初の予定通り道士に任せるべきですわ。徒《いたずら》に兵を死なせるわけにはいきませんもの」

紗祥は性格に難のある女だが、決して無能ではない。そして、無駄に行動的で決断が早いところがある。

「道士の正英殿にお任せしようと思いますが、よろしいですわね？」

問われ、鬼嶽は正英を改めて見下ろした。道士などという者にあまり好き勝手をされるのは困る。最悪の場合、鬼嶽が彼を葬らなくてはならなくなる。何しろ、自分こそが道士の祓《はら》うべき禍鬼なのだから。疑《うたぐ》るように見ていると、正英は力を込めて頷いた。

「僭越《せんえつ》ながら申し上げますと、私は栄国で最も優れた道士と呼ばれております。お望みとあらば力を尽くして鬼を祓って御覧に入れます」

やれるものならやってみろと、鬼嶽は心中で呟《つぶや》く。

「実は先ほどから、鬼の気配を感じるのです」

それは自分のことに違いない。やはり始末しておくべきかと鬼嶽は危ういことを考える。正英は難しい顔で眉《まゆ》を寄せ、凛々《りり》しく告げた。

「ここから少し離れた場所に邪気を感じます」

よし、大丈夫、ポンコツだ。目の前にいる禍鬼に気づいていない。

鬼嶽はこの男を殺さなくて済んだことに少しばかり安堵《あんど》した。

「ならばお前に任せるとしよう」

鬼嶽の正体に気づかぬまま、犯人の鬼を捕らえてくれるのなら文句はない。

「だが、秘密裏に頼む。後宮でこれ以上騒ぎを起こされては困るからな」

そう続けたその時、衛士が無作法に駆け込んできた。

「陛下！　鬼です！　鬼が出現しました！」


刃《やいば》を突き付けられたまま、春燐はまじまじと黒衣の鬼を見た。

仮面を被《かぶ》っている鬼の顔はやはり見えない。ただ、全身から憎悪が噴き出しているのは感じられた。触れたら切れるほどの鋭く張り詰めた気配がした。

「昨夜もあなたはこうやって、女官の前に現れた。他の誰に見咎《みとが》められることもなく。逃げる手際もお見事でしたよ。通路や警備をよくご存じみたい。王宮の事情にとても詳しいのですね」

昨夜のことを思い出しながら春燐は問いかけるが、返答はない。

「どうして何も答えてくれないのですか？　最初に会った時から、あなたは一言もしゃべってくれませんね。声を……聞かれるのが嫌なのですか？　あなたは……もしかして私の知っている人ですか？」

鬼の全身が激情を表すようにぶるりと震えた。その時――遠くから白い紙切れがすごい早さで飛んできて、鬼の肩に張り付いた。紙切れには複雑な模様や文字が描かれていて、春燐はそれを幾度か見たことがあった。道士の使う呪符《じゅふ》だ。

「平伏《ひれふ》せ鬼よ！」

大音声と共に、呪符から雷撃が発生した。鬼の体を激しい稲妻が駆けり、鬼は体を傾がせた。

「よし、とどめだ」

そう言いながら現れた男が、二枚目の呪符を手に取った。春燐の知った道士だった。

「正英!?」

「春燐姫、危ないので伏せてください！」

しかし春燐は鬼に手を伸ばして、肩に張り付いている呪符を破った。

「春燐姫!?」

正英が青ざめて叫んだ。

「殺すのは待ってください。私はこの方と話をしている最中なんです」

春燐の中にこの鬼が危険であるという認識はもちろんない。

「さあ、私の質問に答えてください」

春燐は鬼に向き直ったが、呪符を破られた鬼は春燐ではなく道士の正英を見据えた。

「うわあああ！」

獣の面に睨《にら》まれた途端、正英は悲鳴を上げた。ガタガタと全身を震わせ、呪符を取り落として後ずさる。顔は恐怖に強張《こわば》り、今にも失神しそうだ。

「離れてください、正英！」

春燐は叫んだ。鬼は怒りをぶつけるかの如く、正英に近づいてゆく。その手は長く鋭い鉤爪《かぎづめ》に覆われ、強い攻撃の意思を纏《まと》っている。正英は腰を抜かして動けなくなった。

春燐はこの道士をよく知っている。栄国で最も強く——そして最も臆病《おくびょう》と言われている最強のポンコツだ。相手が鬼どころか蛇だったとしても腰を抜かしていただろう。

札を破ったのは失敗だったかと慌てる春燐の目の前で、正英は鬼の殺意を受け止めんとしていた。春燐は壊れた牢《ろう》から飛び出し、鬼に駆け寄ってその腕を引っ張った。

「いけません！　そんなことをしたら鬼嶽様がお困りになります！」

春燐が顔を真っ赤にして力を込めていると、

「別段その道士を殺されたところで困りはしないがな」

鬼の背後から現れた鬼嶽が黒衣の襟首をつかんだ。そして思い切り投げ飛ばす。鬼は春燐が囚《とら》われていた牢の中に凄《すさ》まじい力で放り込まれ、奥の壁に激突した。

驚き息を呑《の》む春燐の前で、鬼嶽は牢に足を踏み入れた。

「さて……もう逃げ場はないぞ」

彼の言う通り鬼がいるのは牢の中だ。鬼嶽が剣を抜くのを見て春燐は慌てた。

「待ってください、鬼嶽様！　その鬼を殺さないで！」

春燐は倒れ伏す鬼に駆け寄り、庇《かば》うように覆いかぶさった。

「おい……何のつもりだ？」

鬼嶽はおどろおどろしい声で問いただす。

「この人は昨夜私を助けてくれたんです。理性があって知性があって心を交わすことができるはずです！」

するとと鬼嶽は、形容しがたい表情になった。

「そいつは人殺しだ」

「だからその理由を聞いているところなんです！　殺すならどうか聞き出した後に！」

即座に返すと、彼は渋い顔になる。

「春燐、どけ」

名を呼ばれ、きゅんと……している場合ではない！　ぐっとこらえて踏ん張る。

「殺さないと約束してくれるならどきます」

「できるわけがないだろ！」

言い争っていると、衛士がどんどん集まってきた。彼らは倒れた男を庇っている春燐に、怪訝《けげん》な目を向ける。鬼嶽は苛立《いらだ》ったように牙《きば》をむいた。瞳《ひとみ》が赤く燃え上がる。

「私の命令を聞け！！」

すさまじい怒声に、人々は正気を失い跪《ひざまず》いた。そんな中、春燐だけが鬼を庇ったまま鬼嶽を睨み返している。

「……そこまで言うなら力ずくで引きはがすまでだ」

低く脅し、彼は足を踏み出した。春燐はぎくりとして鬼にしがみつく。鬼嶽は怒りの形相で春燐の腕をつかみ――しかし突如体をよろめかせた。膝《ひざ》をつき苦しそうに呻《うめ》く。

「鬼嶽様⁉」

春燐は驚いて鬼から手を放し、鬼嶽ににじり寄った。

「くそ……血が……」

唸《うな》る鬼嶽の前で、倒れていた鬼は突如動いた。投げられた衝撃のせいか鉤爪は消えており、その手に再び短剣を握って構える。鬼嶽は膝をついたまま鬼を見上げ、何故か不可解そうに眉をひそめた。鬼と鬼嶽は数拍睨《にら》み合い――しかし鬼はそれ以上の戦いを放棄して、鬼嶽と春燐を人間離れした跳躍力で飛び越えた。璃那と正英を無視して牢から逃げ出す。集まってきた衛士たちはいまだひれ伏していて誰も鬼を止めようとはしない。

またた……と、春燐は思った。昨夜も鬼は鬼嶽が現れたら逃げたのだ。それは禍鬼である鬼嶽を恐れたからか、それとも……

「あいつを……捕らえろ……角炎は……どこに行った……！」

冷や汗をかきながら鬼嶽が怒鳴る。しかしその瞳はすでに黒く戻って力を失っており、名を呼んだ補佐官の姿もない。

「鬼嶽様……いったいどうなさったんですか⁉　体の具合が……？」

春燐の問いに答えず、鬼嶽はこの惨状を投げ出して立ち去る。春燐がすぐに後を追うと、彼は茫然《ぼうぜん》としている衛士たちの間を足早に抜けて後宮を出た。

静狼殿《せいろうでん》にある自分の部屋に戻ると、彼は床に頽《くずお》れる。春燐はそのそばにしゃがんだ。

「具合が悪いのですか？」

なるだけ冷静さを保って問いかけると、鬼嶽は春燐を乱暴に突き飛ばした。

「私に近寄るな！」

怒鳴る彼の口元から牙が覗《のぞ》く。犬歯ではない、牙だ。その瞳は赤々と血の色に燃え、彼の致命的な飢えを表していた。

「鬼嶽様……血がほしいのですか？」

「……角炎を連れてこい」

「私では……」

「角炎を連れてこい‼」

悲鳴のような声で怒鳴られ、春燐はすぐさま立ち上がった。鬼嶽が本気で苦しんでいると分かった。

春燐は部屋を飛び出し、政務室へと駆けて行った。しかし補佐官の姿はなく、誰に聞いても彼の居所を知る者はいない。もしかするとすれ違いで鬼嶽の部屋に向かったのかもしれない。そう思って部屋に戻るが、やはりそこにも角炎はいなかった。

「すみません、見つかりませんでした。どこを捜してもいなくて……」

離れたところにしゃがんで息を切らしながら告げると、鬼嶽は赤い瞳で春燐を見た。吸い込まれてしまいそうな美しい瞳だと、春燐は状況にそぐわぬことを考えてしまう。

「そうか……なら仕方がないな……きみが私に言ったことだからな……」

そう呟《つぶや》く彼の瞳にもはや理性はなかった。

「自分を貪《むさぼ》り喰えと……きみがその口で言った……しかも鬼を庇うような浮気《うわき》者だ……罰を受ける覚悟があったんだろう……」

鬼嶽は危うい声で言うと、春燐に手を伸ばした。

春燐は自分が酷《ひど》くいけないことをしようとしていると瞬間的に感じて、わずか身を引きかけた。しかし鬼嶽はそれを許さず、春燐の腕をつかんで床に引き倒す。

硬く冷たい床に押し倒され、春燐は鬼嶽を見上げた。飢えた獣の姿がそこにあった。凶器めいた鋭い牙が唇の隙間から覗く。春燐は覚悟を決めて自分の腕を彼に差し出した。角炎がそのようにしている姿を見たからだ。しかし鬼嶽は春燐の腕を無視して、何故か首筋を凝視している。彼の喉《のど》がごくりと鳴った。

「鬼嶽様……？」

吐息のように呼ぶ春燐の口を乱暴に手でふさぐと、鬼嶽は春燐の首筋に顔を埋《うず》めた。

思いもよらない行動に春燐は狼狽《うろた》えた。それは春燐が想像した形とは違っていて、自分が今何をされようとしているのか定かには分かっていない。

熱い舌が春燐の首筋を舐《な》めた。未知の感覚に体がびくりと震えた。濡《ぬ》れた首筋がひやりと冷たくなり、不思議と皮膚の感覚が鈍くなる。

鬼嶽は大きく口を開いて、舐めた首筋に牙を立てた。激しい痛みを想像してぎゅっと目を閉じた春燐は、想像と違う衝撃に狼狽えた。

わずかな痛みと、感じたことのない痺《しび》れが全身を貫いた。自分の中から何かが吸い取られ、ぼうっと意識が遠くなる。あまり痛みを感じさせないのだと、彼が言っていたことを思い出す。自分と世界の境目があいまいになるような心もとなさに襲われて、思わず鬼嶽の体に腕を回し、きつくしがみついていた。

それは思っていたよりずっと長い時間だった。少しずつ血を吸われるたび、体が溶けてゆくような感覚に陥る。口を押さえられていて息が苦しい。大きな手の下で浅く乱れた呼吸がくぐもった。

どれだけ時間が経ったか分からない頃、鬼嶽はようやく牙を抜いた。そして傷口からにじむ血を舐めとる。一滴も零《こぼ》すまいとするかのごとく丹念に首筋に舌を這《は》わされ、くすぐったさに喉の奥から小さな声が漏れた。

「んっ……」

口を押さえる彼の手の隙間から音が零れる。すると彼はゆっくり体を起こした。解放された春燐は鬼嶽にしがみついていた手を力なく放し、横たわったまま荒い息をつく。

鬼嶽は放心したように春燐を見下ろしている。彼はしばらくそうしていたが、だんだんと理性を取り戻したように表情が変わり、自分の顔面を押さえて唸った。

「くそっ……」

「……わ……私の血でも栄養になりますか？」

力が入らず起き上がれないまま春燐は聞いた。鬼嶽は苦い顔で春燐を見やり、手を伸ばし、躊躇《ためら》うように一度停止し――観念したように春燐を抱き起こした。険しい顔のまま春燐を観察し、目の下を引っ張って内側の色を確かめ、顔をしかめる。

「気分が悪くなっていないか？」

気難しい医師のように確認され、春燐は自分の体と与えられた感覚を顧みた。けれど生まれて初めて与えられた感覚を表す言葉を、春燐は持っていなかった。

「……きらいなんて……言ったのは嘘ですよ。ごめんなさい」

どう考えても今言うべきことではなかったが、それ以外に言いたいことがなかった。場違いな囁《ささや》きを零した春燐に鬼嶽は目を丸くし、ややあって人がこれ以上渋い顔をすることはできないだろうというくらい渋い顔になった。

「……当たり前だろ」

その言葉にようやく安堵《あんど》し、春燐はへらりと笑った。鬼嶽の顔が瞬間曇る。

「……悪かった、一度に血を吸いすぎた」

「そうなんですか？」

「飲む期間を開けすぎていたせいだ。そこに力を使ったから……いや、言い訳だ」

　自分を恥じるように彼は言葉を切った。

「一滴残らず飲んでも構いませんよ、あなたが私を喰《く》い殺すなら、約束を破ったことにはならないでしょう？」

「……私は人を殺すほど血を吸いはしない」

「なら、問題ないのでは？」

　この態度はいつもの彼らしくないように思えた。大切にしている角炎の血を飲む時でさえ、こんな態度は見せていなかったのだ。ましてや春燐の血であれば、どれだけ粗雑にすすったところで彼が気にする必要はないだろうに……ふと心配になる。

「もしかして、私の血はお口に合いませんでしたか？」

「……くそ……きみは……心底忌々《いまいま》しい女だな」

　言われ、春燐は目をまん丸くしてしまう。いくらこの世で一番の醜悪を自認する女でも、血を提供した直後に忌々しいと言われる筋合いはないし、そんなに弱々しく罵《のの》しられてもときめかない。

「失礼ですね！　一言くらい感謝してくれたっていいじゃありませんか！　もしくはもっと高圧的に罵《ば》倒《とう》なさっては？」

　大声を上げると、急にくらくら眩暈《めまい》がした。座っていられずよろめくと、鬼獄がその体を受け止めた。春燐はすがるように倒れこみ、目の前に紗《しゃ》が掛かる。意識が途切れる直前、彼の腕が自分をきつく抱きしめたような気がした。

「あの鬼を頭蓋《ずがい》から肛門《こうもん》まで縦に引き裂くことにした」

鬼嶽は自分の部屋の窓枠に背を預けながら淡々と告げた。部屋の中には狼狽えた表情の角炎がいる。

鬼嶽が春燐の血を飲んでから一日経った。彼女はずっと意識が戻らない。

「……怒ってらっしゃいますね、鬼嶽様」

角炎が恐る恐る聞いてくる。

「……そうだな」

静かに答えると、角炎がひゅっと息を詰めた。

「私はこれでも温厚な男で、普段あまり怒ることはないが——」

「ど、どの口が言うんですか」

口元を引きつらせた角炎を、鬼嶽はじろりと睨《にら》んだ。

実際鬼嶽は自分を温厚だと思って生きてきたし、本気で怒ることはほぼない。他種族たる人間に対して本気で腹が立つことはないからだ。自分にとって人間は守るべき弱者であり、心底怒りを抱く対象にはなりえない。間違いを叱責することはあれど、芯《しん》から怒っているわけではない。ただ、彼らが過剰にそれを恐れるだけだ。それもまた、自分が彼らより強く恐ろしい種族であるという証明だった。

「だが、今度ばかりは本気で怒っている。だから、あの鬼を縦に引き裂く」

声が一段低くなる。自分の腕の中で意識を失った春燐の姿が脳裏に浮かぶ。抱いた体の細く頼りない感触がずっと消えてくれない。

「……春燐様の血を飲んだこと、後悔してるんですか？」

角炎の表情は陰った。鬼嶽は彼女の血をすすった瞬間のことを克明に思い出し、眉間《みけん》に深いしわを刻んだ。

「あんなものは二度と飲みたくない」

明確で強い拒絶に、角炎の表情はいっそ悲痛になった。

「春燐様の血は体に合いませんでしたか？」

「……合う合わないという問題じゃない。私は彼女を殺しかけた」

倒れた春燐は紙のように顔が白くなっていた。目の下の血管も色が薄くなっていて、明らかに血が足りていなかった。

「それは、鬼嶽様が極限まで飢えてしまったせいでしょう？　次は大丈夫……」

「違う」

端的な否定はいささか語気が強くなった。角炎はぎくりと体をこわばらせる。

「……血が……美味すぎて理性が飛んだ」

鬼嶽は言いたくもなかったことを苦々しく明かす。

「女の血を飲んだのは初めてだったんだ」

意識を失った彼女の姿を思い返すたび、あの時の血の味が蘇《よみがえ》ってくるのだ。それは交互に頭を支配して、自分をおかしくしてゆくようだった。鬼嶽は角炎以外の人間の血を吸ったことがなかったから、この感覚が女の血を吸ったからなのか、それとも彼女の血を吸ったからなのか判断がつかない。ただ、今すぐにでももう一度彼女を襲ってその血を貪《むさぼ》りつくしてしまいたいという強烈な欲求が湧き上がってくるのだ。自分は今、飢えてもいないというのに……

そこで唖然《あぜん》としていた角炎が急に吹き出し、慌てて口元を隠す。

「ずいぶんと禍鬼らしくおなりで」

「二度と飲まない。次に飲んだらきっと私は彼女を殺してしまう」

戯《たわ》けたことを言う補佐官に怒りの目を向けるが、彼は怯《おび》えるどころか嬉《うれ》しそうだ。

「こんなろくでもないことを引き起こしてくれたあの鬼を――縦に裂く」

鬼嶽は怒りを抑えて冷ややかに断じた。角炎の表情はようやく真剣なものに戻った。

「どうなさるんですか？　いつどこに現れるかも分からない鬼をずっと待ち続けるんですか？」

「鬼が狙っている女官二人を隠す」

二番目に狙われた久涼と三番目に狙われた璃那。この二人はいまだ無事だ。鬼はこの二人をまだ欲しているはずだ。

「鬼は執着するものだ。餌を隠せば必ず怒る。ここから離れることはない。あと数日隠せば――」

「……満月」

角炎は鬼嶽の言葉の先を繋《つな》ぎ、思案するように口元を押さえた。

「ああそうだ。満月の夜がくればこんな事件は全て終わる」

それを聞いた角炎は、表情をこわばらせた。

「あなたが……やるんですね？」

「もっと早く満月が来ていればここまで好き勝手させなかったがな」

「そうですね……満月の夜の禍鬼から逃げられる者なんていませんからね。しかも極上の血をたらふく飲んで力が漲《みなぎ》っている禍鬼だ。神様だって逃げられない」

角炎はごくりと唾《つば》を呑《の》む。

「ああ……私から本気で逃げられると思っている愚かな鬼を、必ず縦に裂いてやる」

あの鬼を許す理由が鬼嶽にはもはやなかった。

第七章 闇色の正体

久々に爽快《そうかい》な気分で目が覚めた。

寝台から出ると、物音に気付いて女官の碧藍《へきらん》が寝所を覗《のぞ》き込む。彼女は起きている春《しゅん》燐《りん》を見て驚きと喜びに目を輝かせた。

「春燐様！　ようやくお目覚めになったのですね。ご気分は？」

「とてもいいです」

その答えに碧藍はほっと安堵《あんど》の顔になる。

「本当に良かった。鬼獄《きがく》様の部屋でお倒れになったと聞きました。何があったんですか？　乱暴なことをされたのでは……」

「え、乱暴なこと……？」

思い返し、無理やり押さえつけられて容赦なく血をすすられたことを思い出す。その痛みを思い出し、頬が赤くなる。

「はい、乱暴にされたような気がします」

「な、何てことでしょう……三日も起きられないほどのことをされるなんて、私がお教えしたどの技を試されたらそのようなことになるんですか」

碧藍の言葉を聞き、春燐は一瞬きょとんとした。しばし停止し、彼女が春燐の身に起きたことを誤解していると悟り、慌てる。

「いえ、違います！　そういうわけじゃないんです！　何もしてません！　誓って私は鬼嶽様を不埒《ふらち》な欲望に任せて襲ったりしていません！」

必死に否定を並べ立て、春燐ははたと気が付いた。

「今、三日と言いましたか？　私は三日も寝ていたのですか？」

「え？　ええ、春燐様は三日間眠っていらっしゃいましたわ」

「鬼は？　どうなりましたか？」

また出現したのだろうか？　鬼嶽はあの鬼に怒っていた。また現れていたとしたら容赦なく千切り殺されているかもしれない。

焦る春燐に、碧藍は落ち着かせるようゆっくりと説明する。

「春燐様が牢《ろう》で襲われたことは聞きました。犯人が鬼だったことも、王宮中の噂になっています」

「そうなんですか？」

以前現れた時は鬼嶽が目撃者を操って鬼を見たことを忘れさせていたが、今回は血が足りなくてそれができなかったのだ。

「けれど……あれ以来鬼は一度も姿を現していません。王宮中が厳しい警備態勢に入っていて、誰も襲われていませんわ」

「そうですか……」

鬼はどうして姿を現さないのかと、春燐は考え込んでしまう。すると碧藍は言うかどうか迷うように口を開閉させて、覚悟を決めたようにぐっと口を閉じ、開いた。

「鬼に狙われているという女官の二人は、隔離されることになったそうです」

「え？　隔離？　どこにですか？」

予想外の展開に春燐は驚いた。いったいどこに隔離されたのだろう？　自分が囚《とら》われた牢を思い出したが、あそこは壊されてしまったから別の場所なはずだ。

二人の女官というのは当然久涼《くりょう》と璃那《りな》のことだろう。久涼が襲われたことは鬼獄が力を使って忘れさせていたはずだが、もう隠しておくより明らかにした方が守りやすいと判断したのかもしれない。

考え込む春燐に、碧藍は小さく首を振った。

「二人がどこにいるかは分かりません。誰も場所を聞かされていないのです。二人は角《かく》炎《えん》様に隠されてしまったのですわ」

「なるほど、狙われた二人を守るためにそうしたんですね」

「鬼獄様は、獲物を狙ってきた鬼を問答無用で始末すると激怒なさっていました」

その言葉に春燐はさっと血の気が引いた。

「……角炎殿は今どこにいるのでしょう？」

春燐は鬼獄ではなく角炎の居所を聞いた。鬼を庇《かば》った春燐を、鬼獄は酷《ひど》く怒っていた。敵対行動を取った春燐の話を聞いてはくれないだろう。

「政務室だと思いますよ」

「分かりました、行ってきますね」

春燐は急いで着替え、数日ぶりに部屋から出ようとする。

「あ、春燐様！　春燐様が眠っている間、栄国《えいこく》の道士の方が何度かお見舞いにいらっしゃいました」

碧藍が呼び止めた。

「正英《しょうえい》が？」

春燐は振り返りながら聞いた。彼は昔から知っている人間だが、春燐と親しかったことは一度もない。なにしろあの王宮に春燐と親しい者はいなかったのだから。そんな彼が何度も見舞いに来るというのは不思議なことだ。

春燐の不可解を察したか、碧藍は懐から何か取り出した。

「この呪符《じゅふ》を春燐様に渡してほしいと頼まれました」

眼前に差し出されたのは数枚の呪符だ。

「どうして私に？」

「春燐様のしていることがあまりにも危ういと、あの方は恐れているようでした。鬼と関わるなら少しは備えが必要だと。これは鬼の動きを封じる呪符だそうです」

「そうですか……」

春燐は両手で大事に呪符を受け取った。彼は春燐を恐れ嫌っているはずなのに、どうして春燐を守るようなことをするのだろう？　こんなことは初めてで、なんだか変な感じがする。嬉しい……と、思うことはとても危険なことのような気がした。人を見る時、いつも最初に喪失を想像してしまう。

呪符を見つめていると、碧藍が思い出したように言った。

「そういえば、春燐様がこれと同じ呪符を拾っていないか……と、聞かれました」

「呪符を？　なくしたんですか？」

「鬼を縛る呪符を一枚落としたんだそうです。悪用されたら危険なので、拾ったら返してほしいと」

言われて思い出してみれば、鬼が現れたとき正英は呪符を落としていた。あれが行方不明になったということか……ポンコツな彼がやりそうなことではあった。

「私は知りませんけど……この呪符はありがたくいただきますね」

春燐はそう言って部屋を出た。

御諒殿《ごりょうでん》にたどり着くと、鬼獄に見つからないよう政務室から少し離れた曲がり角に隠れた。そこから顔を覗かせ出入りする人をしばらく確かめていると――角炎が政務室から出てきた。

春燐がとっさに顔を引っ込めると、彼はこちらに歩いてきた。春燐は彼が目の前を通りかかったところで、横から思い切り腕を引っ張り曲がり角に引きずり込んだ。

「は？　え？　春……！」

名前を呼ばれる前に、春燐は角炎の口を押さえた。自分の唇の前に指を立てて不用意な発言を封じる。

「鬼嶽様に内緒であなたに用事があるのです」

「私に？」

不思議がる角炎の袖《そで》をつかみ、春燐は何度も頷《うなず》く。

「鬼嶽様がたいそうお怒りだと聞きました」

たちまち角炎の顔は曇った。

「う……おっしゃる通りですよ」

「鬼を見つけたら問答無用で始末すると」

「頭からケツまで真っ二つにするおつもりです」

残虐な決意に、春燐はそのさまをありありと想像した。

「それはぜひとも見てみたいですけど、勝手に殺されたら困ります。何も分からなくなってしまう」

春燐はもちろん、自分が鬼嶽より遥《はる》かに残酷であることを知っている。

角炎は感情を隠しきれず慄《おのの》いたように身を引いた。

「ところで璃那と久涼はどこにいるのですか？　二人は無事ですか？」

「え？　それも聞いたんですか？　はい、もちろん無事ですよ。でも、場所は教えられませんからね」

彼はこれ以上話をするのは危険だとばかりに立ち去ろうとする。春燐はその腕を引っ張って必死に引き留めた。

「二人を隠して鬼をおびき出すつもりなのでしょう？」

詰問され、角炎は少し考えて逃げるのをやめた。

「……いえ、ちょっと違います。鬼を逃がさないように隠したんですよ。満月の晩まで隠しきれれば、鬼はもう逃げられません。禍鬼《まがつき》の力の前では鬼なんて無力ですよ」

「満月の晩に何かあるんですか？」

初めて聞く話に春燐は興味を持ったが、角炎は首を振ってその説明を拒んだ。

「いずれ分かります。これ以上は……」

「よく分かりませんが、満月まで確実に守り切れますか？　二人は本当にちゃんと隠されていますか？」

あの二人が死んだら何も分からなくなってしまう。絶対死なせてはならない。

角炎は困ったようにしばし悩み、小さく息を吐いた。

「分かりました、そんなに心配ならお教えしますが、他言無用ですよ」

左右に目を走らせ、春燐の耳に口を近づける。

「……聖廟《せいびょう》です」

「聖廟？　婚礼の時の？」

春燐も声を小さくして聞き返した。

「はい、二人はそこに隠れているんです。心配なら様子を見に行ってもいいですけど、絶対誰にも知られないでくださいね」

「分かりました、ありがとうございます」

念を押され、春燐は強く頷いて角炎を解放した。

後宮に戻り、息をひそめて物々しい警備の中を通り抜け、人のいない通りに出る。その先に春燐と鬼嶽が婚礼を執り行った聖廟がある。自分の目覚めた時刻を意識していなかったが、外は茜色《あかねいろ》に染まっていて夕暮れ時だと分かった。聖廟と王宮の渡り廊下は壁がなく、焼けるような夕景がよく見えた。

聖廟の前には衛士の一人もいなかった。一瞬意外な気がしたが、ここはいつも封じられていて人のいない場所だから、今も同じようにしているのだろう。下手に衛士を配置してしまえば、この中に守らねばならない人がいるとばらすことになってしまう。

春燐は辺りを見回して誰もいないことを確かめると、聖廟の扉を開いた。

とにかく二人がきちんと隠されていることだけでも確認しておこう。そう思いながらそっと中に入るが、中は暗くてよく見えない。人に気づかれないよう静かに扉を閉め、そろりそろりと奥の方へ歩いてゆくと、寒く暗い聖廟の最奥に明かりが灯《とも》っている。何か見えるだろうかと目を凝らしていると、明かりの傍から声が聞こえてきた。

「いつまでこんなところにいなくちゃいけないのかしら……しかもあなたなんかと」

聞き覚えのある久涼の声だ。うろうろと歩く姿が見える。

「大体私は狙われた覚えなんかないわよ。何かの間違いじゃないの？」

「鬼が確かに私たちを狙っていると、角炎様がおっしゃったのですから間違いないのでしょう。それなら私たちに何か原因があるということでは？」

今度は璃那の声がした。石段に座っているようだ。春燐は二人に声を掛けようとしたが、そこで久涼が近くの台のようなものを激しく叩《たた》いた。

「私が何をしたっていうのよ！　鬼の正体はあなたなんじゃないの⁉」

「私も襲われましたよ」

激昂《げきこう》する久涼に対し、璃那の声は冷たい。

「そんなの私は見てない。あなたが鬼だと思ってる」

「……私が鬼だとして、どうしてあなたを狙ったと思います？」

璃那は冷ややかに問いかける。

春燐は声をかけそびれ、話に聞き入ってしまった。

「私があなたをいびったとでも言いたいんでしょ？　違うから。あれは優喬《ゆうきょう》がやったことで、私はあなたに何もしてない。私は何も悪くないわ！」

久涼は声を怒らせて言う。璃那は細く長いため息を吐いた。

「……何よ」

「あなたのような下卑た女と言葉を交わすと頭が腐りそう——と、思っています」

「あなた……どうしていつもそうなのよ。だから人に嫌われるって分からないの⁉　優喬はどうしようもないクズ女だったけど、あなたも同じようなものよ！」

久涼は近くの壁を蹴《け》った。

春燐は話を聞きながら、こそこそとゴキブリめいた動きで近づいてゆく。

「そうですね、私の性格の悪さは生まれつきです。それが何か？　私は嫌われても困らないし、腹も立たない。あなたたちのこと蠅だと思っているので。蠅に何をされたところで痛くもかゆくもありません。だけど……あのことは許していませんよ」

「……何のことよ」

「鍵《かぎ》をかけた時のこと、忘れたわけじゃありませんよね？」

璃那の声が冷たさを増した。

「……あれが何だっていうのよ」

「恨まれてるとは思わないんですか？」

「……私は関係ないわ」

「いったい何をしたのですか？」

春燐はぎりぎりまで近づいてから問いかけた。

「きゃあああああああ‼」

闇から突然聞こえてきた声に久涼が絶叫する。璃那もぎょっとして立ち上がった。

「驚かせてごめんなさい。無事かどうか確かめにきただけだったのですが、話が気になって盗み聞きをしてしまいました」

春燐は正直に言った。

「なっ……あっ……お妃様《きさき》……」

久涼が絞殺されるような声で呻《うめ》く。

「あなたには恨まれる心当たりがあるのですか？　あなたは鬼に襲われた。それと関係がある話ですか？」

春燐は彼女たちのすぐ近くまで寄って尋ねた。暗くて顔がよく見えなかったので、息がかかるほどの近くで久涼を凝視した。久涼は慄いたように一歩引く。春燐はその差を一足で詰める。

「あなたたちが何をしたのか、そのこと自体には何の興味もないんです。どうか安心してください、あなたたちが犯罪者でも私はそれを問題にしません。ただ、知りたいのです。人が殺されるほどの何があったのか」

薄明りのなか瞬《まばた》きもせずに問い詰めると、久涼はへなへなと座り込んだ。

「殺されるほどの何かになりえるかは分かりません」

そう答えたのは璃那だった。振り向くと、璃那は暗がりでこちらを見ていた。

「優喬は私にしばしば嫌がらせをしました。それを止めてくれたのは筆頭女官の蘭華《らんか》様です。つまり蘭華様は、いつも優喬を叱っていた――ということです」

「……やめてよ、そんな話。私は関係ない……」

久涼が振り絞るように言う。

「あなただって蘭華様を嫌っていたでしょ」

「私は嫌ってなんかないったら！　何にもしてない！」

否定する久涼を無視して、璃那は話を続ける。

「彼女たちは資料室に蘭華様を閉じこめたことがあるんです。中に蘭華様がいるのに気づかないふりをして鍵をかけて……蘭華様は一晩資料室から出られませんでした。翌朝助け出された蘭華様は、風邪を引いてしまいました」

そこで彼女は話を終えた。

「……それだけ……ですか？」

「それだけです」

「そんな理由で鬼はあなたを殺すのですか？」

春燐は再び久涼を凝視した。

「だから……私は関係ないって言ってるじゃないですか。全部優喬がやったことです。そもそも優喬のしてたことだって、殺されるほどのことじゃないわ！　確かに優喬は璃那に嫌がらせをしてたけど……璃那だって……悪いところがあった」

「そうなんですか？」

春燐は璃那に問いかける。璃那は少し考えるようなそぶりを見せ、ふっと笑った。

「彼女は少々調子に乗る癖があったので、男の一人も引き留められないブスが粋がってると滑稽《こっけい》ですね、と煽《あお》ったことはあります。小鳥みたいに囀《さえず》る割に誰の気も引けないいんですね……とか、そんなに寂しいなら雄豚でも紹介しましょうか……とか、他にも色々言ったような気はします。いちいち覚えていませんが」

「あんたもたいがいなクソ女よ‼」

久涼は叫び、床を叩いた。

「あんたたちみたいなクソ女に挟まれて、私がどれだけ苦労したと思ってるの！　優喬はあんたに嫌がらせをしたけど、あんたはその百倍優喬を煽ってたじゃないの！　いつもいつもあんたたちがもめるたびに私が巻き込まれるのよ！　どれだけ私がやめろって言ったって、あんたたち一つだって聞かないんだから！　冗談じゃないわ！　蘭華様を閉じこめたのは優喬が一人でやったことなのに、どうして私まで犯人扱いされるのよ！　私、本当に何もしてないじゃないの！　クソ女どもに挟まれてただけ！　二人が喧嘩《けんか》しないように見ててあげてって……蘭華様に頼まれて仕方なくあんたたちの面倒見てやってただけよ！　いい迷惑！　もういいかげんにして！」

叫び、床に突っ伏して泣き出してしまう。

「それはお気の毒様。蘭華様も私のことなんか放っておけばいいのに、いつもかまってくるから……本当に余計なお世話です」

話を聞いていて、春燐はいささか面食らった。一方的な嫌がらせ——という当初の証言がにわかに怪しくなってきた。嫌がらせじゃなくて……喧嘩だったと？

「でも、あなたは蘭華が好きなのでしょう？　蘭華を閉じこめたこと、許してないって言ったじゃないですか」

悪態をついていても言葉の端々に情を感じる。

「……別に好きじゃありませんわ、あんなお節介な人。蘭華様は私を庇《かば》ってくれましたが、それ以上に厳しく叱られましたもの。里下がりした時だって、私はちっとも……寂しいなんて思わなかった」

璃那はそっけなくよそを向いた。寂しかったんだな……と春燐は思った。やはり璃那は蘭華を好きなのだろう。

「ですが……その話は鬼と関係があるのでしょうか？　鬼に襲われたのは喧嘩をしていた優喬と璃那。それに巻き込まれた久涼。三人の関係と鬼の襲撃は全く無関係とも思えませんけど……他に何か、誰かに恨まれるようなことをしてませんか？」

春燐は腕組みして辺りをうろうろしながら考えた。

「知らないわよ鬼のことなんて！」

久涼が突っ伏して泣きながら叫ぶ。

「やっぱり鬼にもう一度会って、直接理由を聞かないと分かりませんね」

春燐が呟《つぶや》くと、久涼は顔を上げて睨《にら》んだ。

「冗談じゃないわよ……ここは神聖な場所だから絶対鬼に見つからないって、角炎様がおっしゃったもの」

その時、灯《とも》した明かりが揺れた。春燐は反射的に明かりの方を向く。その明かりの先に、獣の仮面を被《かぶ》った黒衣の鬼が立っていた。

「あなた……よくここが分かりましたね」

春燐が思わず話しかけると、それにつられて久涼と璃那が振り向く。彼女たちは鬼に気づき、喉《のど》の奥で悲鳴を上げた。

鬼は手に短剣を握っている。揺らめく明かりを映して白刃が煌《きら》めく。

「いやあああああ!!」

久涼が転がるように逃げ出した。霊廟《れいびょう》の入り口めがけて駆けてゆく。鬼はすごい速さで走りだし、久涼の前に回りこんだ。そして怯える彼女の腹を容赦なく殴りつけた。その一撃で久涼はあっけなく床に倒れてしまう。その姿を見た璃那は腰を抜かして座り込み、動けずに固まっていた。

春燐はとっさに璃那を隠す位置に動いた。今まで鬼が出現するたびそうしてきたのと同じように。春燐はこの女たちに何の感情も抱いてはいない。それでもこれが鬼獄の女官であるだけで、春燐には彼女たちを庇う理由があった。

「こんばんは、あなたの話をしていましたよ」

角炎の嘘つき……あっさり鬼に見つかったじゃないか……胸中でそんな悪態をつきながら鬼を見据える。

鬼はゆっくりと春燐の方を向く。何故か、奇妙な違和感があった。しかし春燐はその違和感の正体をつかみきれず話を続けた。

「二人とも鬼嶽様の後宮で働く大切な女官です。鬼嶽様の許しなく勝手に傷つけたりしないでくださいね」

そう言って近づいてゆく。鬼は身構えたが、春燐は構わず手を伸ばして鬼の腕をつかんだ。そして胸元からさっきもらった呪符《じゅふ》を出し、獣の面に張り付けた。

「捕まえました。これは鬼の動きを封じる呪符だそうです。ちゃんと効いていますか？効いているなら……一緒に逃げましょう」

「お妃様……何を……」

腰を抜かした璃那が震える声で呟く。春燐はそれを無視して鬼の仮面を覗《のぞ》き込んだ。

「このまま捕まってしまったら、あなたは処刑されることでしょう。鬼嶽様はたいそうお怒りで、あなたを即処刑すると決めてしまったそうなので。だけどそれでは私が困るんです。あなたがどうして女官を殺したのか知るまでは、あなたを殺させません。ここは角炎殿の手の内にある場所ですから、いずれ鬼嶽様に伝わります。逃げましょう」

春燐は鬼の手を引き、聖廟《せいびょう》の入り口に向かって走り出した。鬼は素直についてきた。呪符が効いているらしい。

見張りが誰もいないのを確かめ外に出る。辺りはすっかり暗くなっていて、空には月が昇っていた。輪郭がほんの少し欠けていて、満月まではあと少しだ。

「王宮は今たくさんの衛士が見張っているんです。あなたは強い力を持っていましたよね。私を連れて遠くまで逃げることはできますか？　衛士に見つからないところまで」

春燐は渡り廊下を外れて庭園を歩きながら尋ねた。鬼は答えない。そこで遠くに衛士の持つ明かりが見えた。春燐は庭園に植えられた木の陰に鬼を引きずり込んで隠れた。

衛士たちが歩いてくる。春燐は鬼を抱きしめるように抱えて隠し、息を殺す。

衛士たちが通り過ぎていなくなると、春燐はようやくほっと力を抜いた。

「やっぱり王宮内は危険ですね……」

春燐はこそこそと木陰から出て、鬼を見上げた。何故だろう……やっぱり何か違和感がある。

「あなたの顔を見せてくれませんか？」

そう言って、春燐は手を伸ばした。鬼が顔を隠している獣の仮面に手を触れたその時
——月が、陰った。

振り返り、すぐそこにある建物の屋根を見上げ、春燐は仰天した。月光を背に受け、巨大な黒い獣が立っていた。

「え！　え⁉　ええっ⁉　何で⁉」

春燐は屋根に立つ黒い獣と、傍らの鬼を見比べた。混乱し、交互に何度も指差し、訳が分からなくなって放心する。

「あなたは……鬼が変身した姿だったのでは……？」

呆《ほう》けたまま獣を見上げ、春燐は聞いた。春燐はずっとそう思っていた。しかし、ふと思い返す。鬼が現れた時の唸《うな》り声と、黒い獣が現れた時の唸り声は、少し違うように感じていたのだ。この獣の唸り声の方が少し低い。変身したせいだと思っていたが……これは、別々の生き物だった……？

その時、傍らの鬼が春燐の首に腕を回し、背後から締め上げた。取り出した短剣を喉《のど》元《もと》に突き付ける。いきなりのことで、春燐は抵抗することすらできなかった。鬼は春燐を拘束したまま、獣を睨み上げた。

「あの……何をするつもりですか？　もしかして……これは人質というものでしょうか？　だったら見当違いです。私にそんな価値はありませんよ」

春燐は捕らえられたまま背後の鬼に話しかけた。すると、遠くから人の声が近づいてきた。数人の衛士がこちらに歩いてくるのが見える。鬼は春燐をひときわ強く締めあげて、短剣を振りかぶった。

その刃《やいば》が振り下ろされる寸前、獣が屋根の上で吼《ほ》えた。すさまじい咆哮《ほうこう》に耳が痛くなる。鬼は春燐から手を放し、よろめいた。歩いてくる衛士たちも全員昏倒《こんとう》している。

獣は屋根の上から跳躍し、無音で地面に降り立った。初めて間近で見た獣の瞳《ひとみ》は、赤い血の色を湛《たた》えていた。

鬼は短剣を握り直し、獣に向かって切りつけた。それは人間離れした身体能力だったが、獣は腕を一振りして鬼を弾《はじ》き飛ばした。地面に叩《たた》きつけられた鬼を踏みつけ、獣は大きく口を開けた。

「待ってください！　食べないで！」

春燐は慌てて黒い獣の鼻面に取りすがった。獣はびっくりしたように頭を振って春燐を退け、牙《きば》を剝《む》いて唸った。

「……はは……また春燐様の血をすするつもりですか？」

鬼がしゃべった。聞き覚えのある声に、春燐はぎくりとして下を見た。獣の前足に踏みつぶされている鬼の面が割れて顔が見えていた。満月の明かりにくっきりと浮かぶその顔に、春燐は愕然《がくぜん》とした。

「角炎殿……」

そこに倒れているのは、鬼嶽の忠実な第一補佐官であり、彼を今までずっと支えてきた乳兄弟でもある恩《おん》角炎だった。

「あれ？　驚かないんですね。私が鬼だということ……もしかしてもう分かっていたんですか？　鬼嶽様」

角炎は獣に向かって問いかけた。鬼嶽——と、彼は獣を呼んだ。狼狽《ろうばい》する春燐の前で、獣は口を開いた。

「そうでなければいいと思っていた」

大きく裂けた口から獣は言う。

「犬がしゃべった!!」

あまりの驚きに春燐は思わず叫び、自分の口を押さえた。

「犬、では、ない」

獣が鋭く凶悪な目で春燐を睨《にら》む。

「……鬼嶽様……なのですか？」

恐る恐る聞くと、獣の姿が変化した。ぼこぼこと肉がうごめき、体が縮んでゆく。毛皮が消え、鋭い爪が消え、その体は人の形になってゆく。春燐が見つめる前で、獣は一人の男になった。

「鬼嶽様……」

それは間違いなく鬼嶽だった。春燐は混乱して口をはくはくさせる。

「何で……え？　何でですか……何で服を着てるんですか⁉」

裸の男が現れることを想像していた春燐は驚愕《きょうがく》に叫んだ。

「……どこに驚いているんだ変態め。どうでもいいだろうがそんなこと。変化のとき体の中に取り込んでおけば、解いたとき元に戻せるだけだ」

「便利ですね」

春燐は感心し、まじまじと鬼嶽の姿を眺めた。

「怖いか？」

「え、好きです」

久しぶりにその言葉を言うと、ちょっと嬉《うれ》しい気持ちになった。

「ははっ……あなたたちは……こんな時まで……」

足元で角炎が笑った。彼は地面に座りこみ、二人を見上げていた。春燐はやっと彼のことを思い出し、また驚きが戻ってきた。

「あなたが鬼だというのですか、角炎殿」

そんなのはとても信じられない。彼が鬼嶽を裏切るなんて信じられない。けれど角炎は穏やかに頷《うなず》いた。

「はい、私が鬼です。全部私がやった。鬼嶽様、いつ気づきました？」

「お前とは今まで何度も剣を合わせた。お前の剣は私が一番よく知っている。あの鬼は……お前と同じ構えだった。お前が犯人なら、満月が来る前に必ずことを起こすと思った。隠した餌に喰《く》いつくだろう……とな」

驚愕している春燐の横で、鬼嶽は淡々と告げる。一番信頼していた人間に裏切られたとはとても思えないほど穏やかに見えた。その穏やかさに危うさを感じる。

角炎はしばらく真顔で鬼嶽を見ていたが、ややあってふっと笑った。

「そうか……あなたは人じゃないくせに、人のことをよく見てる」

疲れ切った青い顔で、彼は何故か清々《すがすが》しささえ纏《まと》わせて呟《つぶや》いた。

「私が女官を殺しました」

その答えに、鬼嶽は怒りを見せなかった。無感情に深く息を吐くその姿には、無言の愁嘆が感じられた。

「何故殺した」

「……鬼嶽様……蘭華は死にました」

角炎は彼らしくない無感情な口調で言った。それが彼の妻の名であることを、春燐はもちろん知っている。そして鬼嶽は、驚愕に目を見開いて絶句していた。

「え！　待ってください。蘭華は風邪を引いて里下がりしているのでは⁉」

春燐は女官たちからそう聞いた。角炎はがらんどうの目で春燐を見上げた。

「ええ……ただの風邪でした。私はそう思って家を留守にして仕事をしていた。春燐様が嫁いで来る前で、私は忙しかった。蘭華はいつも私が体調を崩すと看病してくれたのに……私は彼女を看病するどころか傍にすらいなかった。家人から呼び出されて家に帰ると……蘭華は死んでいました。風邪をこじらせてあっけなく。体の弱い女でしたからね。ちょうど二か月前のことです」

「だから女官を殺したというのか？　何故だ？」

鬼嶽は静かに問うた。

「……あの日、私は偶然知ってしまったんです。蘭華が女官の悪戯《いたずら》で資料室に閉じ込められて風邪を引いたことを。気づいたら私は女官を殺していた。私は魔に魅入られたのです」

春燐はじっと角炎を見つめ、その話を聞いていた。

ずっと知りたかった女官を殺した理由……なのにどうしてだか、自分の感情が納得しないのを感じる。

「それが理由ですか？　復讐《ふくしゅう》なのですか？」

「……さあ、私にも分からないんですよ。風邪なんて……どうしたってみんな引くもので、治る者も死ぬ者もいる。凍えるほど寒い日でもなかったし、閉じ込められて引いたかどうかも分からない。殺されたわけじゃない。ただ、天命だったというだけのことなのかもしれない。それがどうしてここまで憎いのか、どうしてここまで許せないのか、どうして人を捨てて鬼に堕《お》ちてしまったのか……私にも分からないんです。ただ……私が悪かったんだということだけは分かる」

角炎はかすれた笑い声を立てた。しかし春燐は首を振った。

「それじゃあ納得できません。あなたが分からないものは誰にも分からない。それがあの女官の死に足る理由ですか？　あなたの何が悪くてそうなったというんです？」

するとと彼はギラリと目を光らせた。

「これが全てですよ。他には何もない」

告げて、ふらりと立ち上がる。

「角炎……気は済んだか？」

辺りを侵略するような鬼嶽の声が響いた。

「鬼を頭蓋《ずがい》から肛門《こうもん》まで縦に裂いてやる。私はそう言ったはずだ」

「私を裂きますか？」

「お前の裏切りを私が許すと思うなよ」

その言葉に、角炎はほんの一瞬安心したような顔をした。

「私はね……あなたが思っているより少しだけ嘘つきなんですよ。残念ですが、あなたに斬られてやることはできません。自分の終わりは自分で決着をつけますよ」

そう言うと、角炎は走り出した。すさまじい速度で王宮の城壁に向かって走ると、短剣を城壁に突き刺しながらあっという間に上まで登ってしまった。

「どうかお達者で」

そう言うと、彼は夜空に姿を消した。

残された鬼嶽は佇《たたず》み、静寂に満ちた夜をしばし呆然《ぼうぜん》と眺めていた。ややあって彼は拳《こぶし》をきつく握ると——

「あの馬鹿が……」

悍《おぞ》ましい声で唸《うな》った。

「本気で私から逃げられるとでも思っているのか」

鬼嶽の瞳《ひとみ》がまた赤く輝いた。赤い瞳が怒りに燃える。ビキビキと嫌な音を立てて体が変化した。全身の肉がふくれ、獣の毛が生えてくる。服は肉と毛に呑《の》み込まれて見えなくなり、彼は一頭の黒い獣に変わっていた。

「約束通り縦に裂いてやる……」

獣の口が呪いの言葉を吐く。春燐はそのさまを真横でまじまじと見つめ、思わず零《こぼ》す。

「鬼嶽様は……本当に角炎殿が大好きなんですね」

少しばかり悔しさが混じった。

「……何が言いたい」

人間の姿をしている時より、獣の姿の方が声が低い。凶悪さが増している。

「犯人が角炎殿じゃなければ、鬼嶽様はこんなに怒らなかっただろうと思って」

獣と化した鬼嶽は獰猛《どうもう》な目で春燐を睨《にら》む。

「角炎殿を追いかけるなら、私も連れて行ってください」

「駄目だ」

「私はまだ、全部知っていません。まだ足りない。だって私は納得できていないもの。人が死ぬ理由には足りていない」

今日は天気が良かったから女官を殺した——そう言われても、納得できればそれでいい。けれど春燐はまだ納得できていないのだ。だから足りていないのだと分かる。足りていないのに、人が死んでいいはずはない。そうでなければ……そうでなければ……あの人たちはどうして……

そんな思いが頭にちらつき、あの人たちとはいったい誰だろうかとふと冷静になる。

ぶんと頭を振ってその考えを押しやり、春燐は鬼嶽の毛皮をつかんだ。

「連れて行ってください」

真摯《しんし》に乞《こ》う。

「……乗れ」

「……のれ？」

何を言われたのか分からず、春燐は首を傾げた。

「私の背中に乗れ」

「え！　鬼嶽様の背中に⁉　そんな恐れ多いこと……失礼します」

春燐はすぐさま獣の背中に飛び乗った。

「遠慮を知らん奴だな」

「わ、すごくふわふわです。気持ちいい……」

黒々とした毛皮に抱き着き、ほおずりする。

「やめろ」

「あれ？　背中とお腹は毛皮の触り心地が違いますね」

春燐は獣の腹の方に手を伸ばした。

「変なところを触るんじゃない！　置いていくぞ！」

「え、ごめんなさい！」

春燐は慌てて手を放す。

「首のあたりにでもつかまってろ。落ちたら捨てていくからな」

「はい、捨てていってください」

春燐はそう答えて獣の首にしがみついた。鬼嶽はぐっと身を縮め、一瞬で城壁の上に跳躍した。肌を刺す冬の冷気に息を詰め、温かな毛皮に身を寄せる。

「あの！　もしかして鬼嶽様は、毎晩屋根の上で鬼から王宮を守っていたのですか!?」

屋根の上を走る鬼嶽の背中で春燐は声を張った。春燐はこの獣を何度も屋根の上で見た。あれは王宮を見張っていたのではと想像する。

「犯人が鬼なら衛士では無理だ」

風の中でも獣の声はよく通った。

「私、鬼嶽様を鬼と勘違いしていました」

「ああ、勝手に勘違いしていたな。どんな顔をすればいいか困った」

「だけど鬼は角炎殿だった……」

春燐が呟《つぶや》くと、獣の体が強張《こわば》るのが伝わった。春燐は必死にしがみつきながら、角炎の姿を思い返していた。

どうしても……何か違和感がある。絶対に自分は何かを見落としている。けれど春燐の記憶は膨大で、その何が自分に違和感を抱かせているのか判然としない。

「私たちはどこに向かっているんですか？」

春燐は冷たい風に身を縮めながら聞いた。

「角炎のにおいを追っている」

「遠くにいる人のにおいが分かるのですか!?」

「この姿なら分かる。満月なら人のにおいも気配も感情も何もかも分かるがな」

「え……感情？」

春燐は意味を測り損ねて聞き返した。

「満月の夜なら容易《たやす》く鬼の正体が分かったはずだ。禍鬼の力は月齢に左右される」

「……私が知りたいことも分かるでしょうか？」

「……理由……か？　分かるかもしれないな。だから奴は満月が来る前に目的を果たそうとしたんだ」

目的――つまり、復讐《ふくしゅう》だ。

「どちらにしろ奴が鬼であることには変わりない」

鬼嶽は切り捨てるように言った。怒りを鎮めて裏切りを許すには、彼は角炎を信頼しすぎていた。

「あそこだ」

鬼嶽が屋根の上で止まった。隣家の屋敷を見下ろしている。

「ここはどこなんでしょう？」

「恩家の屋敷だ」

「角炎殿の屋敷ということですか？」

春燐は獣の背中から身を起こした。

「なんだ……ここは……」

鬼嶽は獣の鼻面にしわを寄せた。

「どうしたんですか？」

「酷《ひど》い臭いだ」

春燐も鼻をすんすんと動かしてみたが、夜風のにおいがするだけで何も感じない。

鬼嶽は春燐を乗せたまま、恩家の庭に降り立った。

「追いかけてきたんですか、鬼嶽様」

呼ばれ、鬼嶽は勢いよく振り向き春燐を落とした。屋敷から角炎が出てくるところだった。手には松明《たいまつ》を持っている。

「何をする気だ、角炎」

鬼嶽が唸る。角炎は手にしていた松明を投げ捨てた。

「もう終わりました」

放るように言って彼は屋敷を眺めた。そこで鬼嶽ははっとする。

「お前……屋敷に火をつけたのか！」

春燐もぎょっとして屋敷を見ると、開いた扉の奥が火に包まれ燃え上がっていた。火はたちまち大きくなり、濛々《もうもう》と煙が噴き出す。

「恩家はこの夜で終わります。私もおとなしく罰を受けますよ」

そう言って、彼は炎の中に戻っていこうとする。

「どうかついてこないでください」

角炎は拒むように手を挙げた。その指先に目が行き——

「ああっ！」

春燐は叫んだ。ぎくりと驚く角炎に、転がる勢いで駆け寄る。

「何を……」

押しのけようとする角炎の手を、春燐はしっかとつかんだ。

「春燐！　離れろ」

鬼獄が怒鳴る。きゅんと……している場合ではないのだ。春燐は角炎の手を持ち上げ、間近で凝視した。

「ああ！　ほら！　やっぱり！　違います！　あの鬼は角炎殿じゃありません！」

途端、角炎は真っ青になって春燐を突き飛ばした。力任せに突き飛ばされて転げそうになる春燐を、獣の黒い胴体が後ろから受け止める。

「鬼獄様！　違います！　角炎殿は犯人じゃない。だって……あの鬼と爪の形が全然違うんです！」

春燐は鬼獄の毛皮を叩《たた》き、角炎の手を指さした。角炎は蒼白《そうはく》なまま手を握りこんで爪を隠した。

「牢《ろう》で襲われた時、鬼の手をすぐ近くで見たのです。あの鬼は爪を伸ばす力があったでしょう？　だから指先は黒衣で隠れてなかったんです。私、鬼の爪を見ました。あれは角炎殿の爪じゃありません。違う人です」

「おかしなことを言うのはやめてくださいよ！」

角炎は怒鳴った。

「そんなの誰が信じるんです！」

「私は一度見たものを間違えたりはしませんよ」

即座に言い返すと、角炎は絶句した。そこで春燐の中にまた疑問が湧いた。

「あれ……私、あの鬼の爪……前にも見たことがあります。どこかで……」

春燐は記憶をたどった。出会った人のことは全部を覚えている。あれが誰の爪だったのか、必死に照らし合わせる。

「あ……分かりました。あの人……そういえば最近見ていません」

「誰だ？」

鬼嶽が獣の牙《きば》を剝《む》いて聞いてきた。

「政務室でよく見かける官吏です」

「誰だ！　名は⁉」

「娘さんがいるという老官吏です。政務室の前でいつも私に話しかけてくれる……」

禍鬼の話を最初に教えてくれたあの老官吏だ。春燐を見ていると娘を思い出すと言った彼だ。ここしばらく見ていない彼の爪は、鬼と同じ形をしていた。

「あの人が鬼です」

たちまち鬼嶽の表情が凍った。その反応に不穏なものを感じ、春燐は聞いた。

「あれは誰なんですか？」

「……あれは角炎の義父……蘭華の父親だ。角炎の剣の師でもある。角炎と同じ剣の構え方をする……」

鬼嶽は角炎を見据えた。角炎は魂を失った人形のような虚《うつ》ろな表情で佇《たたず》んでいる。

「そんな証拠、もうどこにもありませんよ」

そう言って、角炎は燃える屋敷の中に飛び込んだ。

「角炎！」

鬼嶽は吼《ほ》えるように叫んだが、角炎は振り向きもせず消えていった。

「角炎殿！　逃げないで！」

春燐も叫んだ。自分はまだ、本当のことを聞いていない。あの女官が理由もなく無残に殺されていいはずがない。人は誰もそんな風に死んでいいはずはない。

「私が追いかけます。鬼嶽様はその大きな体じゃ入れませんから、ここで……」

春燐が炎の中に飛び込もうとした時、鬼嶽の巨体が震えた。

「ふざけるなよ……あの馬鹿め……」

彼は獣の口を大きく開くと、夜空に向かって咆哮《ほうこう》した。凄《すさ》まじい大声に、春燐は思わず耳を塞《ふさ》いだ。長く遠い禍鬼の遠吠《とおぼ》えは、皓々《こうこう》と月が輝く夜空に響いた。

突風が吹いた。みるみるうちに空が黒い雲に覆われてゆく。鬼嶽はなおも獣の声を轟《とどろ》かせる。耳を塞いでいてもその声は体の芯《しん》に響き、痺《しび》れた。

黒雲が光り、同時に雷鳴が鳴り響いた。次の瞬間、大きな雨粒が春燐の頬に落ちた。

黒い空から冷たい雨が降り注ぎ、たちまち豪雨になる。

驚いて空を見上げていた春燐は、瞬く間にずぶ濡《ぬ》れになった。凄まじい豪雨が辺り一帯を襲い、それが通り過ぎると屋敷の炎は消えていた。

「……今のは……鬼嶽様がやったんですか？」

茫然《ぼうぜん》と振り返ると、そこに立っていたのは獣ではなかった。元の人間に戻った鬼嶽が、苦しそうにふらついている。

「くそ……満月でもないのにこんなことさせやがって……あの馬鹿が……穴から縦に裂いてやる……」

鬼嶽は忌々《いまいま》しげに呻《うめ》いた。濡れた体を引きずって、火の消えた屋敷にふらふらと入ってゆく。春燐は急いでその後を追いかけた。

鬼嶽が途中から走り出したので、春燐も必死に走った。鬼嶽は屋敷をよく知っているようで、迷いなく奥へと進んでゆく。燃えた屋根から降り注いだ豪雨で辺りはずぶ濡れになっていたが、屋敷はきちんと形を保っていた。使用人の姿が全くないのは、角炎が今日この夜こうすると覚悟を決めていた証《あかし》なのだろう。

屋敷の一番奥にたどり着くと、鬼嶽は部屋の扉を開けた。その部屋に充満していた異臭に、春燐は眩暈《めまい》がした。

綺麗《きれい》に整えられた部屋の奥には寝台が置かれていて、そこに一人の人間が横たわっている。すでに生命など宿っておらず、性別も分からないほど腐り壊れかけた遺体だ。

その寝台の傍に、一人の老人が縛られている。彼を縛る縄に、見覚えのある呪符《じゅふ》が張られていた。道士の正英が落としたと騒いでいたらしい呪符だ。

縛られた老人は、すでに人の姿をしていなかった。牙を剝《む》き出しにして顔面には異常な血管が浮かび上がり、獣の唸《うな》り声をあげている。春燐が幾度も聞いた、鬼嶽のものではない唸り声だ。しかし、その顔にはどことなく以前見た老官吏の面影があった。

「あなたが……鬼だったのですね……この人はあなたの娘の蘭華ですか？」

春燐が遺体について問うと同時に、部屋の横から飛び出してきた角炎が長剣で鬼嶽に斬りかかった。鬼嶽は腕でその刃《やいば》を受け止め、裂けた肉から血をにじませる。

「余計なことをしてくれましたね、鬼嶽様」

「お前……舐《な》めやがって……私に勝てるとでも思うのか？」

鬼嶽は獰猛《どうもう》な目つきで角炎を睨《にら》み、腕を振って角炎の剣を弾《はじ》き飛ばした。血が滴るが、切れた鬼嶽の腕の傷はじわじわと塞がってゆく。

「……治りが遅いですね。力を使いすぎましたか？　満月でもないのに雨を呼ぶなんて無茶なことをするからですよ」

「お前……本気で死にたいらしいな」

脅す鬼嶽の顔には、さっきまでとは違う種類の怒りが込められているように見えた。さっきまでの絶望的な怒りではなく、それより純粋な怒りのように感じる。乳兄弟が鬼ではなかったことに、鬼嶽は少なからず安堵《あんど》している。そのことが分かる。しかし対する角炎は冷たかった。

「お願いですから、どうか何も見なかったことにしてさっさと帰ってくれませんかね。そうすれば私たちは自分で自分に始末をつけます。今日のことを忘れてくださるなら、もう誰にも迷惑をかけることはしませんから」

角炎は突き放すように言って春燐に切っ先を向けた。要求を吞《の》んでくれなければ無力な人間の方を襲うとでも言いたげに。

「本当に殺すぞ」

鬼嶽の目が深紅に輝く。

しかし春燐はすでに両者のやりとりを見ていなかった。視線の先にいるのは、春燐が捜し求めた鬼だった。男たち二人をよそに、春燐は縛られた鬼に近づいた。

「おい！　勝手に動くな！」

鬼嶽の怒声を無視して、春燐は鬼の目の前に座った。

「こんばんは、お久しぶりです」

挨拶《あいさつ》するが、鬼は全く反応しない。生気も理性も残っていないように見える。

「教えてください。どうしてあなたは女官を殺したのですか？　何があなたをそうさせたのですか？　私は……蘭華が死んだせいで鬼に取りつかれたという角炎殿の言葉に、納得できませんでした。それはきっと、角炎殿も納得できなかったからだと思います。彼は人を捨てて鬼に堕《お》ちた理由が分からないと言っていた」

角炎は鬼の振りをしていたが、確かにあの一瞬本心を見せていた。

「教えてください。人が人を殺す理由を」

春燐の問いに、鬼はしばし虚《うつ》ろな目をしていたが、突然怒りの炎を宿して暴れだした。

春燐が驚いて避《よ》けると、鬼は縛られたまま寝台に体当たりする。そのあまりの衝撃に、寝台が壊れて遺体が落ちた。腐った遺体はぐしゃぐしゃになって床に叩きつけられる。

「ああ……あああああああ！」

鬼は必死に遺体に縋《すが》ったが、縛られていて何もできない。春燐はその姿を見て、もう一度寝台の横に座り直した。壊れた寝台から毛布を引きよせ、崩れかけて腐臭を放つ遺体を慎重にそこにのせる。途中で腕が千切れた。

「あ、ごめんなさい」

そう謝って、腕を元の位置に戻す。角炎にあれだけ愛されていた彼女はきっと綺麗な人だっただろうと思うから、腐った頭皮にへばりつく黒髪を丁寧に整えてやった。

「この人はもう、埋葬したほうがいいと思うのですが……」

遺体の髪を撫《な》でてそう提案すると、理性を失っていた鬼の瞳《ひとみ》から一筋の涙が流れた。

唇が震え、しゃがれた声が零《こぼ》れる。

「あの女官は……蘭華を嗤《わら》ったのです……」

体の弱い娘だった。妻はすでになく、娘だけが宝だった。

その蘭華が風邪で死んだ。

長く家を空けていた蘭華の夫、角炎は駆けつけてその遺体を見ると、丸一日そこから動かなかった。

やっと動いた角炎は、しばらくのあいだ蘭華の死を公にしないでほしいと、頭を地にこすりつけて言った。

国王陵鬼嶽が婚儀を控えている大切な時だった。

蘭華のことを知れば、王は角炎を慮《おもんぱか》って婚儀を伸ばすかもしれないし、或《あ》いは縁談そのものをなかったことにするかもしれない。

角炎は王に命を捧《ささ》げた男だった。王には幸せになってほしいのだと、いつも蘭華に話していた。

角炎は子供の頃に親を亡くし、同じ屋敷で蘭華と育った。

仲睦《なかむつ》まじく笑顔の絶えない夫婦だった。

その角炎が、蘭華の死を隠したいと頼んできたのだ。

甥《おい》であり娘婿であり実の息子も同然の角炎の頼みを、無下にすることはできなかった。

角炎の方が辛《つら》いのだと自分に言い聞かせた。

自分はすでに病に侵されている身で、近いうちに妻と娘のもとへ行く。残される角炎の方が辛いのだ。

角炎が妻の死を隠して笑って過ごしていたから、自分もそれに耐えなければ……

しかし葬儀もせずに埋葬するのはどうしても耐えられず、公にできる日まで部屋で眠らせてやりたいと伝えると、角炎は承知してくれた。

腐ってゆく遺体でも、傍にいてくれると少しだけ慰められた。

そんなある日、聞いてしまった。

香薬殿《かやくでん》を訪ねた時、女官たちが話している声が聞こえてきたのだ。

「あなた、いいかげんにしなさいよ。これ以上調子に乗ると資料室に閉じ込めるわよ」

高圧的な声で、女官が他の女官に詰め寄っていた。見覚えのある女官たちだった。娘と同じところに勤めている女官たちで、名前も覚えている。詰め寄っているのが優喬、優喬の隣にいるのが久涼、詰め寄られているのが璃那だ。

「……相変わらず頭も顔も悪い女。蘭華様にやったのと同じことを私にもやるつもりですか？」

「何よ、私が何したっていうの？　蘭華様がいるのに気づかなくて鍵《かぎ》を掛けちゃっただけじゃない」

「よくもそんな低俗な嘘を……」

「ふん、風邪を引かせて悪かったって思ってるわよ」

その会話を隠れて聞きながら、心臓が刺し貫かれたように痛んだ。

蘭華は、うっかり夜更かししてしまったせいで風邪を引いたのだと言っていた。だから心配しないでと言っていた。あれは……嘘だったのか……？

「だけど……あはははは！　本当に傑作よね。結局あれで里下がりするんだから。これでもう二度と叱られなくてせいせいするわ」

甲高い声で優喬は笑う。隣にいる久涼もそれを聞いて苦笑いした。

「あはは、もー……そんなこと言うのやめなさいよ」

対する璃那は冷ややかな薄ら笑いを浮かべた。

「あなた方が何をしたところで、別に私は困りませんよ。私も蘭華様のお小言にはうんざりでしたもの。あの人は実家で大好きな御夫君とおとなしくしていればいいんです」

「恩知らずな女ね！　まあいいわ、今度生意気な口利いたら蘭華様の二の舞よ。少しはおとなしくしてなさい。あはははははは！」

そう嘲《あざけ》り、優喬は久涼を連れてその場を去っていった。

女たちの笑い声がいつまでも耳に残り、ガンガンと頭が痛んだ。

全身がばらばらになりそうな気がする。

足元から真っ黒なものが忍び寄り、全身を包むのを感じた。

あの笑い声だけが、黒く染まった後も頭の中に響き続けた。

何故こんなことになってしまったのだろう……角炎はずっとそのことを考えている。

蘭華の死を一番受け入れていなかったのはいったい誰なのだろう？

いつかそんな日が来ることは覚悟していた。それは想像よりも早かったが、蘭華が思うままに日々を楽しんでいたことを知っているから、自分はどうあっても立ち直らなければならなかった。

鬼嶽は近々婚礼を控えている。あの面倒くさい主《あるじ》は、蘭華の訃報《ふほう》を聞けば婚礼を延期するとか結婚をやめるとか面倒くさいことを言いだすに決まっているのだ。

だから角炎は義父に頼んだ。蘭華の死を公にしないでほしい……と。

自分が妻を貶《おとし》めていることは感じていた。それでも分かってくれると勝手に信じた。

けれどあの日……角炎は自分が恐ろしい失態を犯したと知ったのだ。

屋敷に帰ると義父が血まみれで泣いていた。女官を殺したと笑っていた。

泣きながら笑う義父が人ではなくなったことを角炎は悟った。

女官が蘭華を閉じこめたせいで彼女は命を落としたのだと、義父は語った。

これ以上罪を重ねないでくれと懇願すると、義父は納得してくれた。

本当は義父を処罰するべきだ。鬼になったことを明かすべきだ。だが、角炎にはそれができなかった。

蘭華をまともに弔ってやれないことで、義父はどれだけ苦しんだだろう……角炎は妻よりも義父よりも主を取って、彼らはそれを赦《ゆる》してくれたのだ。

自分は蘭華を貶めた。だからせめて……義父の名誉だけは守りたかった。

鬼に堕《お》ちて女官を殺した悍《おぞ》ましい男の烙印《らくいん》を、子供の頃から慈しんで育ててくれた義父に押させるわけにはいかなかった。

義父が病に侵されていて長くはないことは分かっていた。

だから残されたわずかな時間を、少しでも平穏に過ごしてほしかった。

しかし義父は更に女官を襲った。

角炎は必死に義父を諫《いさ》めたが、言葉は日に日に通じなくなる。

道士が落とした呪符《じゅふ》を拾ったおかげで、ようやく義父を拘束することができた。

これ以上罪を重ねることなく、二人で共に蘭華のもとへ行こうと考える。

けれど満月が近づいていた。

満月の夜が来てしまえば、禍鬼の鬼獄には全部ばれる。

その前に……全てを終わらせなければならない。これ以上何も調べる必要がないくらいに、明確な犯人が必要だった。

だから角炎は、自分が身代わりになることを決めたのだ。

蘭華と義父を誰より貶めたのは自分だ。自分こそが最も罪深く、愚かだった。

だからどうか、最期だけは……

◇◇◇

遺体を撫でる春燐に向かって、鬼は泣きながら語った。

「あの女官は蘭華を嗤《わら》ったのです……風邪を引いて出仕できなくなった蘭華を嗤ったのです……ただそれだけで……あんな些細《ささい》な言葉で……私は魔に魅入られた……今でもあの笑い声が消えてくれない……」

春燐はじっと鬼を見つめ、一つ大きく頷《うなず》いた。

「はい、納得しました。あなたがあの女官を殺した理由を私は理解し、受け入れます。間違いなくあなたが犯人で、鬼です」

春燐にはじめて禍鬼の話をしたのは彼だった。恐ろしい鬼なのだと彼は言った。その禍鬼を模した傷を女官につけ、彼は鬼になったのだ。

春燐は力を抜くように深呼吸した。死臭にくらっとして、遺体を見下ろす。

「私はあなたの行為の是非を問いません。でも……この人は埋葬しましょう。死者にふさわしい扱いをしてあげられないことは、とても悲しいことですから」

どこか遠いところでそんなことがあったような気がする。春燐の記憶の中にはないけれど……

鬼は茫然《ぼうぜん》と春燐を見つめ、深くこうべを垂れた。

「……はい。どうか娘を……眠らせてください……」

そう言うと、彼は娘の遺体に向かって倒れた。

見ると、その顔に張り巡らされていた異様な血管が消えている。異形が鳴りを潜め、力尽きて弱りはてた老人に見える。

「鬼が……消えた？」

春燐は首をかしげて呟《つぶや》いた。

どさっと音がして振り向くと、角炎が蹲《うずくま》って体を震わせていた。くぐもった嗚咽《おえつ》がかすかに聞こえてくる。

深いため息の音がして、見上げると鬼嶽が苦い顔をしていた。

「……人間というのは……どこまでも弱くて愚かな生き物だな」

焼けて壊れた屋根の隙間から、ちらちらと雪が降り始めたのが見えた。

辺りを覆いつくすような冷たい雪は、それから何日経っても止まなかった。

角炎の義父が息を引き取ったのは、それから十日後のことだった。

終　章

「結局、鬼は逃げてしまって、捕まえることはできなかったということですのね？」

紗祥《さしよう》の部屋に呼び出され、春燐《しゅんりん》は詰問されていた。今日も紗祥は絶好調で厳しい。

「そのようです」

「あなたは何もできなかったと……」

「そのようです」

春燐は重々しく首肯する。紗祥は攻撃的な嘆息を漏らした。

「あなた、明日《あした》からわたくしのもとへお通いなさい」

「はい？　どういうことですか？」

にわかに言われて理解が追い付かず確認すると、紗祥は険しい顔で扇を春燐に向けた。

「あなたのような女を妃《きさき》としてこの王宮に置いておくことはできませんわ。わたくしが厳しく教育します」

「え、いえ、結構です」

春燐は間髪を容《い》れず手を突き出して断った。

「教育されたところで、私が紗祥様のような素晴らしい女人になれるわけがありませんし、何より私は忙しいのです」

「馬鹿にしてらっしゃる？」

紗祥は扇を手のひらに打ちつけて睨《にら》む。

「馬鹿になんかしていませんが」

「王妃としての自覚はちゃんとあって？」

「もちろんあります。今日もこれから鬼嶽《きがく》様を盗み見に行くつもりですので」

春燐は邪《よこしま》な妄想をしかつめらしく語り、立ちあがる。

「それでは失礼いたします」

「あ！　お待ちなさい！」

怒りを飛ばす紗祥からすたこら逃げ出し、春燐は後宮を出た。

足早に駆けて御諒殿《ごりようでん》の政務室へとたどり着く。

そっと中を覗《のぞ》く。そこには厳《いか》めしい夫の姿がある。けれど、その隣にいつもいた男の姿は見えない。恩角炎《おんかくえん》は、あれから一度も王宮に上がっていないと聞く。

鬼嶽は鬼の正体を公にはしなかったから、角炎が誰かに咎《とが》められるということはない。

角炎は鬼嶽にとって必要な人間で、鬼嶽は鬼をかくまっていた彼の罪を平然と隠匿したのである。自分が間違ったと思うなら、私のためにこれからも死ぬ気で働け——鬼嶽はそう言った。それでも彼は王宮から去ったのだ。

中を観察していると、鬼嶽が酷《ひど》く疲れた様子で机に伏しているのが見えた。彼はしばらくそうしていたが、ややあって奥の部屋へと入っていった。そこは休憩室があると聞いているが、春燐は入ったことがない。

偶然政務室に誰もいなくなったので、春燐はこっそり中に入り、奥の休憩室を覗いた。鬼嶽がぐったりと長椅子に横たわっている。

「……勝手に入るな」

彼はすぐ春燐に気づき、厳しい声で咎《とが》めてきた。

「すみません。鬼嶽様……具合が悪いのですか？」

春燐は休憩室の入り口から、じっと鬼嶽を見つめて聞いた。すると鬼嶽は急にこちらを向き、体を起こして手招きした。春燐はぴょんと飛び跳ねるように休憩室へ入り、鬼嶽の座る長椅子の前に立った。

「別に具合が悪いわけじゃない」

彼は厳めしい顔で説明する。

「だから怖がらなくていい」

「？　別に怖がってませんよ。心配しているだけです」

春燐は、彼がどうしてそんなことを言うのかと訝《いぶか》った。

「ああ、そうだな……心配しなくても、私は死なない」

その言葉に春燐はちょっと笑った。

「そりゃあ鬼嶽様は禍鬼《まがつき》ですもの。誰に殺されたって絶対に死なない化物ですからね。好きです」

しかしそうは言いながらも、鬼嶽の顔色が悪いのは気になった。

「禍鬼の鬼嶽様が、どうしてそんなに具合が……あ！」

そこで春燐はピンときた。春燐がピンときたことをもちろん鬼嶽も気が付いた。

「くそがっ！」

唸《うな》り、握り合わせた自分の拳《こぶし》に頭を伏す。春燐は辺りを見回し、念のために休憩室の外も確認してしっかりと扉を閉め、自分の襟元を緩めて首筋をあらわにした。

「喉《のど》が渇いてらっしゃるのでは？」

「……きみの血はもう飲まない」

「でも、動けなくなりますよ」

彼に血を与えていた男はもうここにいないのだ。春燐以外にこれができる人間はいなかった。

「……今度飲んだら殺してしまうかもしれない」

「別に殺してもかまいませんけど……嫌なら気を付けて飲んでくだされば……」

春燐は更に襟元を緩めて目の前にしゃがんだ。鬼嶽は春燐の首筋を見てごくりと唾《つば》を呑《の》んだ。けれど、頑《かたく》なに手を伸ばそうとしない。

「飲みにくいですか？　全部脱ぎますか？　脱ぎますね」

春燐はいそいそと帯を解《ほど》こうとした。

「やめろ、絶対に脱ぐんじゃない」

鬼嶽は頭を抱えて唸った。

「他に血を捧《ささ》げられる人間はいないのですから諦《あきら》めてください。私の不味《まず》い血でも栄養にはなるのでしょう？」

「くそ……本当に黙れ……」

鬼嶽は頭を抱えていたが、わずかに見える瞳《ひとみ》が赤く光っている。その妖《あや》しい輝きに春燐は胸をときめかせた。

「失礼しますね」

春燐は立ち上がって鬼嶽の肩を押した。

「何だ……」

鬼嶽は押されるまま寝台に倒れる。

「ちょうどここに良《よ》いものが」

春燐ははだけた胸元から呪符《じゅふ》を一枚取り出した。道士の正英《しょうえい》からもらった残りだ。それを鬼嶽のおでこに、ぺちーんといい音をさせて貼りつける。

「鬼の動きを封じる呪符なのだそうです。大丈夫ですよ、怖いことしません。ちゃんと飲みやすくしますから」

春燐はいささか緊張の面持ちで言うと、鬼嶽の上に跨《また》がって自分の帯を解き始めた。しかし鬼嶽は動きを封じられるどころか、乱暴に呪符を引っぺがした。

「こんなものが禍鬼に利くわけないだろ、馬鹿者」

そう言うと、呪符をびりびりに破いて床に捨ててしまう。

「きみの血など飲まない、降りろ」

鬼嶽は上に乗る春燐を煩わしそうに押しのけようとしたが、その腕にはびっくりするほど力がなかった。その弱々しさに腹の底がひやりとする。

「鬼嶽様……禍鬼は絶対に死なないのですよね？」

春燐の唇から妙に強張《こわば》った声が出るのを聞き、鬼嶽はうぐっと言葉に詰まった。

「死なないですよね？」

もう一度聞かれ、弱り切った渋面で歯噛《はが》みする。

「……死ぬんですか？」

「……くそが」

鬼嶽はとうとう観念したように春燐の手首をつかんだ。

「分かった、そこまで言うなら吸ってやる。その代わり取り引きだ。欲しいものを一つ言え。血と引き換えに何でも一つくれてやる。それで貸し借りはなしだ」

春燐は目をまん丸くして鬼嶽を見下ろした。

「ご褒美をくださるというのですか？」

血を吸った上に褒美まで？　神の恵みか？

「いいから欲しいものを言え」

ぶっきらぼうに急《せ》かされ、春燐は慌てて考える。真下にある彼の顔を見て――

「では、唇をくださいませ」

「…………なんだと？」

「……すみません。血まみれの牙《きば》が剝《む》き出しになった鬼嶽様に口を吸われて唇をずたずたにされたいなんて……欲張りですよね」

反射的に欲望を解き放ってしまった春燐は、たちまちしゅんとした。鬼嶽は呆《あき》れたようなうんざりしたような顔でしばし黙した果てに――

「……きみは本当に強欲が過ぎる変態だな。分かった、くれてやる」

「え⁉　いいんですか⁉」

思わぬ答えに度肝を抜かれる。鬼嶽は忌々《いまいま》しげな渋面でため息を吐いた。

「血に釣り合うとは思えんがな」

確かに春燐の血と鬼嶽の唇では全く釣り合うまい。こんなありがたい話があっていいのかと混乱し、とりあえず胸中で神に百回感謝をささげておく。

「あの……教わったばかりでたぶん下手ですから、がっかりさせてしまうかも……」

「私もどうせ下手だ。がっかりするなよ」

「しませんしません！」

慌てて首を振ると同時につかまれていた腕を引っ張られ、春燐は鬼嶽の上に倒れこむ。

「先にもらうぞ」

鬼嶽はあらわになっていた春燐の襟元を更にはだけ、頭を抱え込んで薄い肌に唇を寄せた。熱い舌に首筋をなぞられて体がびくりと反る。それを逃がすまいとするように、鬼嶽は春燐の頭をきつく押さえつけて何度も首筋を舐《な》める。

「ひゃう……っ」

「……何だ？」

「すみませんすみません……！　勝手に変な声が……！」

「……我慢しろ」

脅すように命じて、鬼嶽はまた首筋に舌を這《は》わせた。たぶんこれは血を吸っても痛みを感じさせないための行為なのだ。春燐は自分の口を押さえて堪《こら》えた。それでも唇の端から時折耐えきれず声が漏れる。鬼嶽は丹念に舐め続けてようやく春燐を解放した。

くらくらと眩暈《めまい》がした春燐は、鬼嶽の上に落ちたまま顔を上げて彼を見た。間近で目が合い、小さく口を開く。

「……どうぞ……好きなだけ吸ってください」

これで準備は整ったのだろう。鬼嶽の瞳は水銀を垂らした血の色に染まっていて、唇の隙間から鋭い牙が覗《のぞ》いている。血を吸われる……と、思った。けれど、鬼嶽は牙を剝くことなく、何故かわずかに体を起こして春燐に顔を近づけた。互いの唇が触れ合いそうなほど近づいたその時――突如休憩室の扉が開いた。

「ただいま戻りましたー！」

陽気な声で飛び込んできたのは、王宮を去ったはずの角炎だった。春燐と鬼嶽は唖然《あぜん》として角炎を凝視する。一方角炎は、重なり合う鬼嶽と春燐を見て固まった。

「ええと……すみません、私はものすごくお邪魔をしてしまった……ですね」

苦笑いで後ずさりしながら出て行こうとすると、鬼嶽が春燐を押しのけて立ち上がった。角炎に駆け寄り、問答無用で彼を殴りつける。角炎は休憩室の端まで吹っ飛んだ。

「お前……よくものこのこ現れたものだな」

地を這うような声で言い、角炎を睨《にら》み下ろす。角炎はいつもの彼らしく軽快に笑った。

「妻と義父の弔いが終わりましたのでね。あなたには私が必要でしょう？」

「……なんでそんな平気な顔をしていられる」

別れ際の角炎の姿を思い返せば、鬼嶽の問いはもっともだった。けれど角炎は平然と笑っている。

「そりゃあ私は、あなたが思ってるより少しだけ嘘つきですからね」

その少しにどれだけの深さがあるのか計り知れない。春燐が呆気《あっけ》にとられていると、鬼嶽は急に春燐の緩んだ襟首を捕まえた。

「出ていってくれ」

そう命じて春燐を休憩室の外へ押しやる。

「え？　鬼嶽様？　なんで……取り引きだって……」

戸惑う春燐を置き去りに、鬼嶽は角炎に向き直る。

「角炎、ちょうどいいところに戻ってきた。喉が渇いた」

捕食者の目で睨みつけられ、角炎は血相を変えた。

「は？　いや、あなたいま春燐様の血を飲もうとしてたんじゃないんですか!?」

「黙れ、いいからさっさと来い」

鬼嶽は角炎の腕をつかんで乱暴に引きずった。途中、休憩室の扉を閉めて春燐を完全に締め出してしまう。

「勘弁してくださいよ！　いきなり何なんですか！」

中から角炎の喚《わめ》き声が聞こえる。

「うるさい、あんなのを飲んだら私はまたおかしくなる。さっさと腕を出せ！」

鬼嶽の脅す声が聞こえる。春燐は扉の前でぎりぎりと袖《そで》を噛《か》んだ。

「どうして私の血を飲んでくれないんですか！　本当に嫌いになりますよ！」

「やかましい！　できもしないことを言うな！」

鬼嶽が中から怒鳴り返してくる。

「くっ……何て言い草……鬼嶽様なんか……死んでもずっと大好きだけどー！」

喚く春燐の声に、窓際の鳩が驚いて飛び立った。

本書は書き下ろしです。
この作品はフィクションであり、実在の人物、団体等とは一切関係ありません。

禍《まがつ》姫《ひめ》の初《はつ》恋《こい》

唐《とう》陀《だ》国《こく》後《こう》宮《きゅう》異《い》聞《ぶん》

宮《みや》野《の》美《み》嘉《か》

令和7年 1月25日 初版発行

発行者●山下直久

発行●株式会社KADOKAWA
〒102-8177 東京都千代田区富士見2-13-3
電話 0570-002-301（ナビダイヤル）

角川文庫 24504

印刷所●株式会社暁印刷
製本所●本間製本株式会社

表紙画●和田三造

●お問い合わせ
https://www.kadokawa.co.jp/（「お問い合わせ」へお進みください）
※内容によっては、お答えできない場合があります。
※サポートは日本国内のみとさせていただきます。
※Japanese text only

ISBN 978-4-04-115421-2 C0193

◇◇◇